JN072118

ゆっくり十まで

新井素子

角川文庫
22828

目次

第1章　天下無敵の恋する乙女

ゆっくり十まで

大学にはいって。必修の英語の授業のクラスで、隣に座った時から。あたしは、潤《じゅん》ちゃんを見ると、なんか、どきどきしていた。

いや、正しくは、違うか。英語1は、うちの大学のフランス文学科、ドイツ文学科、イタリア文学科の一年生共通必修科目だったので、かなり大きな階段教室を使っていて……その教室にはいった瞬間、うしろの方の席に座っている男の子から目が離せなくなってしまったのね。まるで吸いつけられるように、あたしの視線はその男の子の処へ行ってしまい、必然的にあたしは、吸いよせられるようにその男の子の隣に座った。講義が始まるまでまだ大分時間があり、座っている学生はちらほらしかいなかったのに。そんながら空きの教室で、わざわざ前から座っているひとの隣になんか行ったら、どえらく意味ありげに見えてしまう、そんなこと、判っていたのに。

いや、別に、その男の子、特別ハンサムだった訳でもかっこよかった訳でもない。ピンポイントであたしの好み！って訳でもない。ただ……どうしてか、一回見ちゃったら最後、目を逸《そ》らせないのだ。そんな感じがしたのだ。

その男の子が、潤ちゃんだった。羽村潤一郎《はむらじゅんいちろう》。

ただ。

これはあたしの思い込みじゃないと思うんだけれど、あたしと目があった瞬間、潤ちゃんの方も、なんかどきっとしてくれたみたいだったのだ。あたしが、彼の隣に、するって座ってしまったこと、それ、まったく当然だって感じで受け入れてくれて。

あの時。

あたしは、ちらっと、潤ちゃんを見た。潤ちゃんもちらっとあたしを見た。行ったり来たりする視線。お互いに、相手が自分のことを見ている、それは判っていても、でも、決して正面からあわせようとはしない視線。

そんなこんなの数分間がすぎると。あたしの方から近づいていったんだ、今度は、潤ちゃんの方から。

「俺、仏文科一年の羽村っていいます」

ぼそっと、前の方を見て、直接あたしと視線をあわせないようにして。彼はいきなり自己紹介をしてくれたんだ。普通、階段教室みたいな大きな部屋で隣あった人間同士が、交わすことがない会話。

そんで、あたしも。

「成田《なりた》治美《はるみ》です。独文科一年です」

「あ、仏文じゃないんだ。……残念」

この時。残念って言ったぞ、潤ちゃんは、絶対。

「でも、そーかー。仏文だったら、もっと前に絶対に会ってる筈《はず》だし、会っていれば、成田……さんのこと、気がついていない訳がなかった」

この辺で、ようやくあたし達、かっきり視線をあわせる。そして、何となく、自己紹介の続き。

でも、これがまた、あとから考えてみたら、とっても変な自己紹介だった。というのは、出身はどこ、とか、仏文を志したのは何故、とか、いきなりもの凄《すご》く個人的なことを双方共に言い出してしまったのだから。そんでもって、双方共に、それが〝おかしなこと〟だとは、まったく思っていなかったんだから。

はい。

こんな成り行きで、何となく判るでしょう。

あたしは、潤ちゃんに一目惚《ひとめぼ》れをして、多分、潤ちゃんもあたしに一目惚れをしてくれていて……あたし達は、いきなり付き合うことになったのだ。この日の英語1の講義が終わった時には、すでに、その日の夕飯を一緒に食べる約束をしていて……そして、今に、至る。

☆

大学の二年になると。お互いに地方から上京している身分なんだ、あたし達は同棲《どうせい》することになった。(これで家賃負担が半額になり、諸雑費もかなり節約できる筈。)その、引っ越しを手伝ってくれた、あたしの友達の佑子《ゆうこ》が言う。

「治美と羽村くん、電撃的に付き合いだしちゃった訳なんだけれど、それはあなた達の問題だからいいんだけれど、さすがに、同棲は、どうよ?」

「って?」

「こんなにすぐに同棲なんかやっちゃっていいの?」

いや。あたし的には(あたしと潤ちゃん的には)、すでに結婚したい処だったんだけれど、学生で結婚はさすがにって思って、んで、同棲にしたんだけれどね。双方が就職して、親がかりの身分でなくなったら、ただちに結婚するつもりなんだけれどね。

「いくら愛しあっていても、一緒に住むと、いろいろ、瑣末《さまつ》な不一致が出てくると思うよ。……あ、だから、逆に同棲は、あり、か。今、同棲してみたら、さまざまな不一致、判るもんね」

「んー……不一致」

実は、それが、あるのである。かなり問題になる形で、あるのである。

「経済感覚がまったく違うって言うんなら、大きな不一致だからまだ判るんだけれど、掃除のやり方が違うとか、洗ったあとの食器をどうするかの判断が違うとか、そんな、すっごい瑣末な不一致が問題になるカップルって、結構いるらしいよ？　ま、あんた達が、そんな些細《ささい》な問題で別れたりしないことを、私は祈っているけれど」

って、佑子、ありがとう。

実は。実はあたし達には、かなりの〝不一致〟があるのだ。どうしようっていう……

…不一致が、あるのだ。

☆

四月に付き合いだして。

夏休みに一緒に旅行をしようっていう話になった。

んで、八月の旅行で、潤ちゃんが提案したのが、何故か、〝温泉〟だったから……

あの？　えと？　その？

「あの、八月に、何故、温泉」

これがまあ、二月や一月なら、まだ、判るんだよね。初めての旅行で、雪が降っている温泉地へ行く。のんびり浴衣《ゆかた》で雪見酒なんてしゃれこんで、二人で、差しつ差されつ、わお、素敵。

でも、八月の温泉って、なんだあ？　寒くないぞ、絶対に寒くはないぞ、むしろ暑いに決まっている。こんな状況で温泉に行く意味って……。

「あ、俺、温泉が大好きなの」

潤ちゃんは、もの凄く簡単に、理由を述べてくれた。

けど。けど！　……けどっ！

あたし……温泉に行って楽しいって思ったこと、ないんだ。

というのは、あたしは、とってものぼせる人間なので、そもそもお風呂《ふろ》に十秒以上つかっていることができないんだ。子供の頃、お風呂にはいった時、親に、数を数えろって言われたこと、ない？　ゆっくり、十《とお》まで数えようねって、それがあたしの限界。

こんな人間にしてみれば、そもそも、行楽として〝温泉〟に行くっていう、選択肢それ自体が、ないいっ。

初めての潤ちゃんと一緒の旅行なんだぞ、とっても楽しみにしている旅行なんだぞ、だから、あたしは、絶対に、温泉なんて、いやあっ。

これは本当に紛糾した。

「お、温泉が嫌いだなんて、お湯につかることが駄目だなんて、おまえ、そりゃ、日本人じゃないぞっ」

潤ちゃん、こんなことまで言ったよな。

「温泉は日本人の心の故郷だぞ。前から思ってた、おまえ、普段もろくに湯船に沈まないだろ？　シャワーばっかりだろ？　それ、変」

ま、結局この時は、潤ちゃんが折れてくれて軽井沢になったんだけれど、この分だと、新婚旅行は絶対熱海《あたみ》とか言いそうなんだよね、潤ちゃん。最近なんか、あたしのことを「からすちゃん」なんて呼ぶようになったし。（勿論《もちろん》、カラスの行水からである。）

……まあ……愛しているんだし……彼氏がそんなに好きならば、あたしもお風呂、好きになった方がいいのかなあ。全然楽しくなさそうなんだけど、結婚したら温泉巡りとか一緒にした方がいいのかなあ。

そう思ったので。潤ちゃんがバイトで遅くなる日に、あたし、長時間湯船につかるっていう荒技に挑戦してみることにした。湯あたり覚悟で、氷水とかタオルとかやたらと用意して。

☆

「いち……にー……さん……しー……」

湯船に肩までつかって、必死になって数を数える。子供の頃は十までいけたんだ、何とか二十まではいってみせ……られないいっ！

なんか、溶ける、体が溶けるような気持ちっ！　幻覚なんだろうけれど、指先がお湯に混じって消えていきそう。

ざばっと湯船から緊急脱出して。あたしは洗い場でぜいぜい息をつく。

ああ、もう、あたし、前世はくらげだったのかなあ。くらげって死んだら水に溶けるって言わないっけか。あ、いや、死んでもいないのにお湯に溶けるって、あたしの前世はくらげ以下か。

で、ここで。

唐突に、思い出してしまった。

☆

あたしの前世は雪女だった。

戦国時代に、雪女として雪山で生まれた。山には雪女の姉妹が何人もいて、「山で男に会ったら、ちゃんと息を吹きかけて殺すように」って言われていた。お姉さん達はみんな、情けをかけて男を殺さなかった経験があり、その時、「私のことをひとに話したら殺す」って約束をしたのに、実際に里におりてその男と連れ添ってみたら、この約束を守りきった男はひとりもいなかったたっていう経験を持っていた。（だから、下手に情けをかけずに殺せって、妹達に言い聞かせていたんだと思う。）

そんでまあ。あたしも、やっぱり、ひとりの男に情けをかけて、その男を殺さずに約束をして（みんなこれをやるってことは、雪女って心のどっかで、絶対に約束を守る男を探し求めているってことなのかなあ）、その男が、随分前の潤ちゃんの前世。

そんであたしも里におりて、戦国時代の潤ちゃんと連れ添って……潤ちゃんは、なんと、当時としては珍しく、六十を越えて老衰で死ぬまで、あたしとの約束を守ってくれたのだ。雪女だから、年をとらなかったあたしに、不審を覚えるでもなく、あたしの腕の中で、「もし、来世というものがあるのなら、おまえとまた連れ添いたいなあ」って言って、死んだのだ。

そこであたしは、雪山に帰るのをやめた。人間になって、人間として死んで、来世の潤ちゃんと、また、添い遂げたいと思ったのだ。

家康《いえやす》が幕府をひらいた頃。あたし達は、また、巡り合った。共白髪になるまで、連れ添った。

赤穂《あこう》浪士《ろうし》の事件があった頃、あたし達は、また、巡り合った。この時は、潤ちゃんが三十くらいで早世してしまったので（いや、この時代の場合、早世ではないのかも知れないが）、九十九まで生きたあたしは、晩年、とっても寂しかった。

だから、天保《てんぽう》の大飢饉《ききん》の頃、また潤ちゃんと巡り合えたあたしは、とっても嬉《うれ》しくって嬉しくって……二人揃って長生きしたかったんだけれど、この時間をいつまでも一緒に過ごしたかったんだけれど、時代が時代だったもので……。（えーと、以下、略。）

そうだ。あたし達は、生まれ変わり、死に変わり、ずっと、ずっと、連れ添ってきていたんだ。

そして。

ここ、大事！

潤ちゃんは、過去の時代、一回も、あたしとした約束を破らなかった。勿論、雪女の話は、転生した潤ちゃんが知らないことだから、それはおいておいても。妻と交わした約束を破らない夫、それが潤ちゃんだったんだ。そういう男なんだ。

もともとが人外だから、転生したあたしには、最初のうち、雪女だった記憶があった。

体質も、最初の頃はひきずっていて、いろりの側には寄れない、だとか、異常に年をとらないとか、いろいろあった。（三回目の転生までは、間違ってもお風呂になんかはいれなかった。）でも、いつの時代の潤ちゃんも、そういう妻の異常をまったく気にはしなくって……。

そして、あたしの方も、転生を繰り返す度、どんどん人間になっていって……今では、雪女だった頃の記憶はまったくないし(今、湯船に長時間つかるっていう荒技をやったせいで思い出したんだけれど)、まあ、何とか、十数える間くらいは、湯船につかっていられる状況になっている。(でも、それが限界。)

ああ。

思い出したら、込み上げてくるものがある。

潤ちゃん。潤ちゃん。あたし達、いつの世も、幸せだったよね。そりゃ、潤ちゃんが早死にした時なんかは、とってもとっても辛《つら》かったけど、でも、あなたの妻で、よかったよ。うん、だって潤ちゃん、死ぬ時にはいつも、言ってくれてたもんね。「もし、来世っていうものがあるのなら、また、おまえと、連れ添いたいなあ」って。思い出したら泣きだしちゃって、用意したタオル、思いもかけないことで、役に立ってくれた。

☆

ただ。

問題は、依然として、残っているんだなあ。

というか、「この問題は解決できない」ってことが判ってしまった分、より深刻になったっていうか。

潤ちゃあん！

雪女のパートナーが、何だってまた、よりにもよって〝温泉好き〟なのよお。

あたしが長時間湯船にはいっていられない問題は、あたしの努力では解決できないっていうことが判った。(いや、多分、溶けはしないだろうとは思うんだけれど、体的にとっても辛いし、本当に溶けないかどうか、実験してみる気持ちはさらさらない。)

となると、潤ちゃんの温泉好きを何とかするしかないんだが……こんなもん、何とかできるものとは思えん。と、いうことは。一体何をどうしたらいいのやら。

☆

ま、ただ。

判ったことが、ひとつ。

潤ちゃん。添い遂げるからね、あたし、あなたと。

生まれ変わり、死に変わり、ずっとずっと一緒だった、あなたと。

数百年の昔から、ずっと、添い遂げていた、あなたと。

共に白髪になる、その日まで。

謎の男

何とかやっと受験をクリアして、一年。無事に大学二年になれたので（いや、かなり単位を落としても、うちの大学は二年までの進級は誰だってできるんだが）、私、バイトを始めることにした。学費を稼ごうだなんて殊勝なことは思ってないよ、単純に、お小遣い稼ぎのバイト。だってうちの親……二十歳になったらお小遣いなしって宣言しているんだもん。

はいはい、甘えてます私。世の中には奨学金で大学通って生活費自分で稼いでいるひとだって結構いるんだ、実家で家賃と光熱費なくて食事は親が作ってくれて、大学の学費も全部親に出して貰《もら》って、これで二十歳になってもお小遣いくださいって……言いたいんだけれど、それ言っちゃったら、どんだけ甘やかされているの私って話になっちゃうもん。だもんで、せめて、お小遣いくらいは、自分で何とかしなくては。

選んだのは、地下鉄駅構内にある、パン屋さん。もっとも、パンを焼くだなんて技術が必要なこと、私にできる訳がないから、売り子さんなんだけれど。（というか、駅構内にある店舗では、勿論《もちろん》パンを焼いてはいない。本店で焼かれた製品を、並べて売っているだけなんだけれど。）

四月初め、今年度の講義の選択を終えてみたら、偶然にも木曜が空いてしまったので（必修の講義がない曜日だったし、私が履修したい講義が、これまた偶然、木曜にはひとつもなかったの）、木、土、日の週三日、午前八時から午後五時まで。

働きだしたら、これが結構大変で。

大体が、立ちっぱなしだし（まあ、店舗の中で椅子に座ってる店員さんって、そういえば見たことないなー）、パイ生地でできているようなパンは、トングで摑《つか》むの意外と難しいし、うすいビニール袋に詰めるのもとっても大変。（下手に力を込めると崩れちゃうんだよー。）

で、最初の一週間くらいは、私、仕事に慣れるだけで、もう、青息吐息。

でも、まあ、単純労働だし。

二週間もすると、なんか、段々私、仕事に慣れてきた。

もの凄《すご》い勢いで忙しくなる時間帯もあるんだけれど、暇な時間帯も結構ある、そんなことが判ってくると、暇な時間帯には、お客さんを観察したりできるようになって。

そうしたら。

どう考えても、〝謎の男〟がいるってことが……判ったのだ。

☆

謎の男。

あとで詳しく言うけれど、このひと、本当に、〝謎〟なのだ。

でも、彼のこと、〝謎〟だって思うようになったのは、もうちょっとあとの話で……。


最初は。

あ、なんか、よく見る男のひとがいるなーって気分だったのだ。

一日……何回も、下手すると十回くらい、このひと、見るよね。

いや、よくよく考えてみれば、地下鉄構内の、改札を抜けて、短い階段下りた処にあるパン屋さんで、一日十回、同じひとを見るってこと自体が、すでに〝変〟なんだけれど……最初のうちは、私、その〝変〟さに気がつかなかった。ただ、「ああ、このひと、なんかよく見かけるなー」って思っただけ。

で、私がそのひとのことを気にしだしたのは……へっへっへっ、実は。

もっの凄い、私好みの顔だったのー。

んー、年の頃は、二十代終わりくらい、かな？　三十代初め、かも知れない。

眉《まゆ》の処の骨が、ちょっとでっぱり気味。でも、目は落ちくぼんだ感じがなくて、鼻筋はしゅっとしていて、その、眉と目と鼻のバランスがねー、うわあい、もろに、私の好み、ピンポイントだあ。

しかも、一回、そのひと、うちでパンを買ってくれたことがあって、その時の接客を私がしたんだけれど……お金を払ってくれた、包装したパンを受け取ってくれた、そのひとの手がね。

でっかかった。彼の背の高さは百七十センチくらいだから、とりたてて大きなひとって訳ではなかったんだけれど、手だけが、妙にでっかくて、筋ばってて、骨がよく見えて……。

ピアニストの手。

瞬時、そんなことを思ってしまった。これまた、ピンポイントで、私の好みの男の手、だったんだよー。

この時以来、私は彼のこと、心の中で〝アーティストさん〟って呼ぶようになって(気分としては〝ピアニストさん〟なんだけれど、さすがにそこまで勝手に職業を特定するのはどうかなって思って……って、そんなことを言うのなら、そういう勝手な思い込みをすること自体、まずいような気はするのだが)、一回、意識しちゃうと、このあとずっと、私は、〝アーティストさん〟が目の前を横切る度、彼のことを認識するようになって……。

そしたら。

判った。

アーティストさんって……ほんとに〝謎の男〟だったのだ。

☆

まず、前提条件の確認ね。

私がいるのは、地下鉄の改札を抜け、短い階段下りた処にある、パン屋さん。（この先にはプラットホームに向けて更に長い階段がある。）

だから、毎日見かけるひとは、結構、いる。朝、必ずうちの前を通って地下鉄に乗ってゆくひと、夕方、必ずうちの前を通って帰ってゆくひと。

常連さんだって、いる。

毎朝、必ずうちでパンを買ってくれるひと。

毎朝うちでパンを買ってくれ、その上、夕方、帰りにもかなりの確率でパンを買ってくれる高校生なんかもいて、彼にかんしては、パン屋が思ってはいけないことなんだろうけれど、「もっと野菜を喰《く》えー、ちゃんとバランスがとれた食生活しろー、パンばっかり喰ってるんじゃねー」って言いたくなる。

だから、毎日、アーティストさんを見かけること自体は、それは不思議でも謎でもないのだ。

ただ。

そういう常連さんは、一日一回しか見ないのが普通なのだ。行きか、帰りにね。

なのに、アーティストさんは、一回見かけると、そのあと十回くらい、連続して見かけるんだよね。

これ。

一体全体、何をやっているの？

繰り返して言うけれど、うちは、地下鉄の改札を越えた先にあるパン屋さんなのだ。うちの前に来る為には、地下鉄の改札、通らなきゃいけないのだ。んで、地下鉄の改札を通るひとって、何の為に改札通るのかって言えば、地下鉄に乗る為に通るのだ。んで……地下鉄に乗る為に、改札を通ったひとが、パン屋の前を、十回も通るって、それ、何？　何やってんの、このひと。

短時間にうちの前を一往復するだけなら、忘れ物をしたのかな、なんて思うこともできるんだけれど……五往復もされると、もう、それってあり得ない。まして、アーティストさんは、単純にうちの前を行ったり来たりしているのではないのだ。一回うちの前を通ったあと、数分から十分くらいたってのち、また、うちの前を通る。そして、また、数分から十分くらいたって、うちの前を通る。で、そのあと、一時間くらい姿が見えず……一時間くらいしたら、また、数分から十分くらいの間隔をあけて、うちの前を通る。それを繰り返す。

まあ、一回くらい、そんなことがあったのなら、なんか特殊な事情があったのかなーって思えない訳でもない。（そんな〝特殊な事情〟なんて、私には想像もつかないんだが。）けど、アーティストさんは、ほぼ毎日、これをやるのだ。少なくとも、私が見ている、木・土・日は、ほぼ、毎日、これをやっているのだ。空白の一時間をいれると、合計二時間くらい、これをやっているのだ。

こ、これを。

これを〝謎の男〟と言わずして、他に何て呼んだらいいのだ。

しかも。

アーティストさんの格好が……また……何ていうのか……変、なのだ。

普段はね、ラフすぎる格好。というか、まったくの普段着というか、家着なのだ。毛玉が猛烈にできているセーターとか、よれよれのシャツとか、上下ジャージとか。いや、あなた、社会人として、その格好は、近所にゴミを捨てに行く時とか、せいぜいその辺のコンビニに行く時くらいしか許されないものでしょって感じの奴。そういう時には、髪がどっかはねていたりする。寝癖がついているの、気にしていないよね、あ、今日なんか無精髭剃《ぶしょうひげそ》ってない、なんてこともある。

うん。つまり、普通の場合は、まるで近所に出かけるかのように、地下鉄の改札を通ってくる訳なんだ。

でも、時々は。

ぴしっとした格好になっている時も、あるんだよね。

髪は洗ってる、髭も剃ってる、服装もぴしっ。

んで、こういう時には、何故か、うちの前を、行ったり来たりしない。まるで普通のひとのように、一回うちの前を通ったら、それでおしまい。

何、やってんだ、このひと。

というか、何なんだ、このひと。

最初に考えたのはね、このひと……私がいる駅の改札口周辺と、隣の駅の改札口周辺を行ったり来たりする仕事をやってるのかなあってことだったんだけれど（数分から十分だと、そのあたりくらいまでしか行けない）、さあて、その仕事って、何だ。

改札の処でひとに何かを渡す、ちょっと違うかも知れないけれど、キセル乗車みたいなことをやっているのかなあって思ったんだけれど……地下鉄、一駅分の乗車賃を誤魔化す為に、二時間も時間かけてたら……それは、絶対に、割に合わない仕事だと思う。改札口の外に、アーティストさんにそんな仕事を依頼した人間がいるとしたら……

…その人間が陥っている状況が、これまたさっぱり想像できない。

そして。夏になったら、もっと驚愕《きょうがく》の事実が判明。アーティストさん、どうやらこの時期、軽い夏風邪が抜けなかったらしくて、二、三日、くしゃみと鼻水が止まらなかったことがあったんだよね。で、しょっちゅう立ち止まっては洟《はな》をかんでいたんだけれど……一回、うちの店の脇で洟をかんだことがあって……その時の！　ティッシュの色が！

いや、私、ひとの鼻水の色なんかに注目するつもりはまったくない。でも、「アーティストさんだ」っていうんでついつい見てしまい、そこで彼が洟をかんで……そしたら、ティッシュが、鮮やかなスカイブルーに染まったんだよっ！

これが、赤だったら。鼻血だって思えた。ピンクでもそう考えることは可能だろう。けれど、スカイブルー？　こんな綺麗《きれい》な青い鼻水のひとって……彼は、そもそも、地球人類なのか？

もの凄《すご》く変なこと考えちゃった。

スーパーマンってさあ、電話ボックスの中で、冴《さ》えない男からスーパーマンに変身して飛び出す訳じゃない。このひとは、実はよその星から来た何かの使命を帯びた宇宙人で、地下鉄構内のどっかで、謎のものに変身して、飛び出している。その時は、時空を超えちゃっているので、ミッションひとつ済ませて帰ってきても、地球では時間が過ぎていない、だからやたらここをうろうろしているように見える、こんな解釈、どうだ？

いや、どうだも何もないよね、間違っている。常識的に言って、そんなことあり得ない。けど、なら、どういう常識を敷衍《ふえん》すれば、このひとの行動、説明できるんだ？

☆

なんて思っているうちに、夏が過ぎ、秋がきて……。

ある日。

いつものように、うちの前を五往復したアーティストさん、ふっとうちのショーケースを見て、引き寄せられたようにやってきて。

「和栗と芋のパイ？」

その時、接客していたのは私で、私、勢い込んで。

「はい、この秋の新商品です。お芋は安納芋《あんのう》です。栗とお芋だけで充分甘いので、お砂糖うんと控えています。勿論《もちろん》、デザートになる一品ですが、お食事パンとしてもいけます」

この商品が出た時、私、自分で買って試食したもん（和栗と安納芋。これは試さずにはいられない）、これは本当。で、私が自信満々でこう言ったせいか、アーティストさん。

「んー……じゃあ、それと……あ、失礼」

ここで。アーティストさん、慌ててポケットからティッシュだして、横を向いて。

はっくしょん！

ちょっと大きめのくしゃみ。ティッシュで痰《たん》をとる。

「いや、失礼。ちょっと鼻がむずむずしちまって……」

で！　で、その、ティッシュがっ！

ショッキング・ピンクに染まっていたんだよね、しかも、蛍光色はいってる！

「その、和栗のパイと、塩バターくるみパンと」

注文の途中だったんだけれど。そのティッシュを見た瞬間、私、叫んでいた。

「あの、救急車！」

いや。ひょっとして、アーティストさんが、地球外生命体だったらこんなこと言っちゃまずいのかも知れないけれど、彼が地球人類だった場合……ショッキング・ピンクの痰って、それ、何よ？　蛍光色はいってる感じがするあたりで、すでに普通ではないんだけれど、ピンクの痰って、これ、血痰《けったん》の一種なのでは？　アーティストさん、大丈夫なのか？

「へ？　あの……救急車って……」

「呼ぶべきなのでは？　あの、痰や鼻水がショッキング・ピンクだったりスカイブルーだったりする時点で、あなたはとても健康な人間だとは思えなくって……」

☆

驚いた。

あー、本当に、驚いた。

俺は、和仁《わに》彰夫《あきお》という男で、イラストレーターをしている。

勿論、健康体。

んでもって、趣味は、階段登り。

というか、仕事柄、運動不足になりがちなので、随分前、知り合いにジムにはいることを勧められた。

で、スポーツジムにはいってみたんだが……ジムで運動すること、それ自体は、別に嫌じゃなかったんだが、筋トレって奴が、どうも苦手で。あんなさあ、同じ処でマシン相手に同じ動作繰り返すのって……やってたら、飽きないか？　俺は、飽きた。

そんな頃、うちのすぐ側に、地下鉄の新しい駅ができた。

そんでこれが、なんか、驚く程深い地下鉄だったんだよな。（新しくできた路線は、それまでにあった路線の下に潜らなきゃいけないから、どんどん深い処になってゆくんだよな。）新しい線が開通した処で、一回、その駅に行ってみたら、改札抜けたあと、実際にプラットホームに辿《たど》りつくまで、もの凄い長さの階段をいくつも下りなきゃならなかった。当然、帰りには、もの凄い長さの階段をいくつも登らなきゃいけなくなった。いや、勿論、改札抜けた処にエレベータはある、エスカレータも、特に登りは完備、だから、乗客は、階段登る必要はないんだけれど……ここが、俺には、魅力だった。

いやさあ、なんか、ジムでお金払って運動するより。毎日、ここの階段登れば、それで充分なんじゃないのか？　しかも、エレベータとエスカレータがあるから、階段登っているひとって、あんまりいないし。

ただ、この長大な階段を登る為には、改札抜けなきゃいけないんで……ああ、いや、そーいや、隣の駅前にラーメン屋があるよな。あそこ、俺、結構好きで、地下鉄ができる前は、十七分歩いて、週に三回はあそこ行っていたよな。なら、そこへ行くのを、日課にすればいいんだ。地下鉄に乗れば、十分足らずで行けるんだから。

起きる。仕事する。昼になる。うちの側にある地下鉄の駅の改札通る。で、階段を、思うさま登ったり下りたり登ったり下りたりして、隣の駅へ行く。ラーメン食べる。帰ってきて、また、階段を、登ったり下りたり、登ったり下りたり……。

これ、やってみたら、はまった。

いやあ、階段、登るのって、ある意味、快感。俺、階段登り、本当に好きかも。しかも、ひと月で俺、二キロ痩《や》せた。（ジムに通ってた時には、体重、落ちなかった。）通算で考えてみたら、ジムの会費より地下鉄の料金の方が安いし、どうせ昼飯は食べなきゃいけないんだし、それ考えれば、これってすっごくいいシステムじゃないのか？

ただ。

まさかパン屋さんのお嬢さんが、こんな俺に注目しているとは、思わなかった。しかも、俺の鼻水の色なんか、気にしているとは。

いや、画材の問題なんだけれど。

エアスプレー使う奴はなあ、マスクとか、防御をやっていても、結構鼻の中がその色に染まっちまうんだよ。（まして俺は、面倒だからあんまりちゃんとマスクをしないで絵を描いていた。）だから、洟かんだら鼻水がレモンイエローとか、知らないひとが見たら、そりゃ、驚くよな。

救急車って言われた時は、何言われてるんだかまったく判らなかったし、すんごいあせったんだけれど……まあ。

仕事中は、格好なんかに気を遣っていないから、お昼食べに出かける時だって、ほんとに酷《ひど》い格好してた筈《はず》なんだけど、あんなよれよれの俺を見て、そんな俺を見初めてくれるお嬢さんがいたとは……。

いや、驚いた。

何に驚いたんだか、最早《もはや》判然としないんだけれど。

☆

あのあと。和仁さんから、お話を聞いた。すべては私の勝手な思い込みであり、「救急車を！」なんて叫んでしまったこと、結局、和仁さんに迷惑をかけただけなのかなって思うと、ちょっと落ち込んでしまったりもした。

でも。

話に聞いた、和仁さんの生活は、絶対、許してはいけないものじゃ、ない？

いや、毎日、階段を歩くのはいいの。でも、階段歩いて、毎日、行くのが、ラーメン屋さん？　お昼が必ずラーメンって……それは、やめろ。朝、うちでパンを買ってくれて、夕方にもパンを買ってくれる、そんな高校生より、まずい食生活だよ、それ。で。

ずっと。

そんなことを言っていたら。

この間私は、ちょっといい格好をした（和仁さんがいい格好をしているのは、お仕事でひとに会う時だけなのだ、なのに、この日は、お仕事関係なく、いい格好をしてくれたのだ）和仁さんに、言われた。

「そこまで御心配ならば、今度、一緒に、食事をしましょうか？」

はいって、言おうかと思っている。

言おうかなー、どうしようかなあ、言うんだよねー、きっと。「はい」って。

言っちゃうよね、きっと。

コンセント

お祖母《ばあ》ちゃんが緊急入院した時、お祖母ちゃんに内緒で、うちの家族は会議を開いた。お祖母ちゃんの今後について。

前からね、お祖母ちゃん、腰が痛い、腰が痛いって、ずっと言ってたんだ。でも、あたしが「病院行こ?」って言っても、「絶対嫌」だったし。そもそもお祖母ちゃん八十三だし。八十三で腰が痛いの当たり前かなって気がして、湿布はったり、マッサージしてあげたり、そんな対応をしていたのね。けど、ついに、あまりの腰の痛さに耐えかねて、お祖母ちゃんがやっと病院へ行ってくれたら、そこで膵臓《すいぞう》ガンが発見され、緊急入院になったのだ。しかも、ステージ一番酷い奴で、転移も三つ。

お医者さまが言うには、手術、抗ガン剤って手段は、あるにはあるんだって。でも……お祖母ちゃんの年が年だし、まず、体力的に手術には耐えられないだろうって。抗ガン剤も、お祖母ちゃんのガンの種類と転移を考えると、あんまり効くとは思えないそうで。

「六十代の方なら積極的な治療もアリだと思いますが……今の患者さんの体力と状態を考えると、いたずらに苦しませるだけになるのではないかと。むしろ、痛みだけは薬で抑えて、退院して、御自宅で今までの生活を続けた方が、生活の質が保たれるのでは」

本当だったらお医者さま、こういうこと、今では患者本人に言う筈なんだ。でも、お祖母ちゃん、ちょっと認知症はいってて、要介護2だし、家族にだけ、こう言って。そんで、伯母《おば》さん、叔父《おじ》さん達呼んでの家族会議。

ほぼ、満場一致で、「ガンのことはお祖母ちゃんには内緒にしよう。自宅で、薬飲んで痛み抑えて、今までと同じ生活を続けて、痛みが家での介護で抑えきれなくなったなら、改めて入院して、その後も、変にチューブ繋《つな》いだりしないで、なるべく苦しまずにすむ方向で……」って話が、まとまった。

ここで、〝ほぼ満場一致〟って言ったのは……たったひとり、あたしが、異議って程のもんじゃないけど、ちょっと違う意見を言ったから。

うん。あたし思うんだけれど……昨今、〝終活〟って言葉があるじゃない、自分の人生の終わりが見えてきたのなら……それ、お祖母ちゃんに内緒にするのは、どうなのかなって思ったから。人生の終わりが見えたのなら、お祖母ちゃんにも何かしたいことがあるんじゃないのかなって思ったから。

でも。こんなあたしの意見は、他のみんなに粉砕された。

「恵美《えみ》。あんたはまだ、若いから」

みんなの意見が、これ。

「若いからそんなこと言えるんだよ」

「恵美ちゃんはお祖母ちゃんに、あなたはガンですって言えるの？」

……言えません。言えないです。うん、あたしはたったひとりのお祖母ちゃんの内孫で（うちの父がお祖母ちゃんの長男、でもって、この会議には、同居家族である父、母、あたし、それから父の姉である伯母さんとその伴侶《はんりょ》の伯父《おじ》さん、弟である叔父さんとその伴侶の叔母《おば》さんが参加したんだ）、会議出席者の中、たったひとりの三十代。あとの出席者、全員五十代か六十代。年長者の扱いに関する年長者の意見に、とても異議なんか唱えられない若輩者だったし……何より、確かに、あたしがお祖母ちゃんにガンのこと言えないんだもの、これはもう、しょうがないって思った。

☆

ところで、うちは、こんな間取り。二階建ての家で、一階、玄関はいると、まず、左側に、結構大きなＬＤＫ、そしてお庭に面した和室がある。（ここは、お仏壇がある部屋。お祖父ちゃんの遺影と位牌《いはい》がある。）んで、この和室（別名・仏間）は、障子一枚でLDKに隣接しているんだ。

それから、玄関から見て、右側に、トイレとお風呂《ふろ》と階段ともう一個、和室。ここが、お祖母ちゃんの部屋。

階段上って、二階に、父と母の寝室、あたしの部屋、そして納戸。

この家は、もう十何年か前、お祖父《じい》ちゃんが亡くなったあとに建てたので、これ、その頃元気だったお祖母ちゃんのプライバシーをできるだけ確保しようっていう意図で設計されていたのだ。（ちょっと違うんだけれど、二世帯住宅の気持ち？）お祖母ちゃんは、ひとりになりたければ、家の右側だけで生活できるし（自分の部屋とお風呂とトイレがそこにある）、家族に会いたくなって左側にはいってくれば、まず、LDK。いつだって一緒に御飯食べてたから、ここまでお祖母ちゃんの領域。（しかも隣の和室には、お仏壇とお祖父ちゃんがいる。）

ただ。これは、退院してきたお祖母ちゃんを迎えるには……あんまり適していない、部屋の構成なんだよね。

なまじお祖母ちゃんのプライバシーを重視していたから、お祖母ちゃんが自分の部屋にいる時、何かあったら、同居家族の誰もが、気がつきにくい。かといって、こんな部屋割なのに、一日に何回も、あたしやお母さんがお祖母ちゃんの部屋を覗《のぞ》くっていうのも、なんだか変な話で……。

そう思っていたら。お祖母ちゃんの方から、こんなことを言ってくれたのだ。

「あの、私、お仏間にお布団を敷いて、そこで寝ていいかしら」

いいかしらも何も！　それこそが、あたしや父や母の望みだったので（仏間は、障子一枚隔てただけで、ＬＤＫに面している。ここにお祖母ちゃんがいてくれれば、お祖母ちゃんの状態、ＬＤＫにいるひとによく判る）、あたしも両親も、一瞬、「ラッキー！」って思ったんだけれど……でも、考えてみれば、これは、何で？　お祖母ちゃん、何で、こんなこと言ってくれたんだろう？

「お仏壇の前にお布団敷くのって、お祖父ちゃんに見守られているみたいで、なんか安心できる気持ちがして」

お祖母ちゃんの気持ちはともあれ。現象的には、まさに〝渡りに舟〟の状況だったので、あたし達は喜んでお祖母ちゃんのお布団を仏間に移した。そこでお祖母ちゃんは、徐々に寝たきりに近い感じになっていって……。


あたしが家にいる時は、お祖母ちゃんのトイレ介助は、あたしの役目。うん、一応、失敗しても大丈夫なようにお祖母ちゃん特別なパンツを穿《は》くようになったんだけれど、まったく寝たきりって訳じゃないんだもん、行ける限り、トイレは自力で。ただ、退院して二週間もすると、お祖母ちゃん、トイレまで歩いてゆくのがなんだか辛《つら》そうになってきたので、トイレまで、お祖母ちゃんを支えて歩かせ、トイレ前で待っていて、出てきたお祖母ちゃんをお布団まで連れてゆくのがあたしの仕事。

ただ。この時、ちょっと、思ったんだよね。お祖母ちゃん……トイレが、長い。妙に長い。大腸方面にはガンの転移はない筈《はず》だったんだけれど、酷《ひど》い便秘になっているのかな。それとも、いきむだけの体力が、すでにないんだろうか。

そんなことを思っていたら。ある日、トイレ介助をした時……トイレから出てきたお祖母ちゃんが、いきなりあたしに葉書を渡してきたので、驚いた。

「恵美ちゃん、これ……投函《とうかん》して貰《もら》えない？」

渡された葉書は、入院前、お祖母ちゃんが自分で作った、紅葉の押し葉をあしらった手漉《てす》き和紙の葉書で、そこには、「御無沙汰《ごぶさた》しております、わたくしもそろそろ年をとってきました。最近は……」みたいな近況報告が記されていて、最後は、「そちらはいかがお過ごしでしょうか」って文章で、閉じられていた。

「え……お祖母ちゃん、これ、何」

「何って、葉書」

いや、そんなことは判ってる。ただ、何だって葉書が、トイレから出てきたお祖母ちゃんの手の中にあるのかっていうのが謎なんだよ。

「……恵美ちゃん……絶対に、内緒にして、くれる？」

こくこくこく。あたし、思いっきり、頷《うなず》く。

「このひとはね、私の、幼なじみなの。結婚するまで、お隣の家にお住まいだった。子供の頃は、よく一緒に遊んだのよ？　でも、結婚してからは、年賀状のやりとりもしていなかったんだけれど……」

ぽっ。なんか、赤くなっているのかな、お祖母《ばあ》ちゃん。

その瞬間、あたし、判った。

このひとは、お祖母ちゃんの、初恋のひとだ。お祖父ちゃんとはお見合いだって聞いている、仲のいい夫婦だったことはあたしだってよく知っている、けれど、このひとだけが、最初で最後の、お祖母ちゃんが〝自分で好きになったひと〟なんだ。多分、〝好きになっただけ〟で、デートも何もしたことがない、本当にお隣にいただけのひと、純粋に単なる幼なじみなんだろうけれど、でも、初恋のひとなんだ。

で……自分の人生がそろそろ終わりだって判ったお祖母ちゃん、最後にこのひとに、葉書を出そうと思って……。

お祖母ちゃん。乙女。

なんか、涙が出そうになった。

とはいうものの。何だって、その葉書が、トイレから出てきちゃう訳？

「この葉書をね、お仏壇の前で書くのは……ちょっと。だって、お仏壇の中にいるお祖父ちゃんに見えちゃうじゃない」

あ、だから！　だから、トイレで、こっそり、葉書を書いていたのかお祖母ちゃん！　トイレでいろいろ考えていたのかお祖母ちゃん。書き直したり何だりしていたのかお祖母ちゃん。だから、妙にトイレが長かったのかっ！

「私はね、死んだあと、お祖父ちゃんに会えるのが本当に楽しみなの。それは本当なの。でも、この葉書だけは、書きたかったの。……けど……」

「この葉書を書いたことを、お祖父ちゃんに知られたくはなかった」

「ああっ、恵美ちゃん、そんなこと言ったら、何か私に、やましいことがあるみたいじゃない？　そんなことは、ないのよ。絶対にないのよ。でも」

でも、なんて、言わなくていいよお祖母ちゃん。お祖母ちゃんの乙女心、はい、確かにあたしの心に響きました。

お祖父ちゃんが大好きで、死んだらお祖父ちゃんの処に行ける、それが判ってるお祖母ちゃんが、それでも書きたかったのが、この葉書。でも、お祖父ちゃんが大好きだから、こんな葉書書いたことお祖父ちゃんにだけは知られたくない、うわああ、何て、何て、乙女心だあっ。

あたしは、絶対にこの葉書を、誰にも内緒で投函します。そこん処は、あたしのこと、信頼してくれていい。

それから。もうひとつ、判ったことがあった。

要介護2。認知症がはいってるって言われている人間だって、判るものは、判るのだ。判ることは、判るのだ。

お祖母ちゃん。誰も言っていない筈なのに、自分の余命のこと、絶対に知っていたんだろうって、あたしは思った。だから、こうやって、自分の〝終活〟をやったんだって、あたしは、思った。

☆

そして、その後。時間がたち。

あの葉書のお返事を、あたしはずっと待っていた。でも、こなかった。んで、そのうちに、お祖母ちゃんの容態がどんどん悪くなり、ついには自宅介護が無理になり、入院し、亡くなり……。

火葬場で。お祖母ちゃんの命が、煙になって空に昇ってゆくのを見た、その日。

家に帰ってみたら、あの葉書のお返事がきていたのだ。

これは、あとから判った話なんだが。

お祖母ちゃんは、お隣の家のひとだからって、実家の隣の住所を書いていたんだけれど、その家は、代替わりの時、引っ越していた。で、転居先に葉書が届いた、と。

次男さん。

転居先にいたのは、お隣さんの長男さんであり、お祖母ちゃんが葉書を出したのは、

長男さんの処までは、すぐに葉書がいったんだけれど、お祖母ちゃんが葉書を出した次男さんは、人生においていろいろやらかしたひとらしくて……。

二回、結婚して、二回、その結婚に破れた。子供は腹違いで三人いて、今は、そのひと、ほぼ寝たきりで介護施設にいるらしいんだが……そのひとの処に、この葉書が届くのに、結構な時間がかかってしまったらしいのだ。

で、そのひとからの、お葉書。

「お葉書どうもありがとう。とても懐かしい」

それから、まあ、何だかんだ。そして。

「あの時、貴女《あなた》と一緒に見た蛍のことは、今でもとても懐かしく覚えております」

……ぐおっ？　……蛍？

……これはもう、あたしには絶対に判らない、お祖母ちゃんとこのひとだけの話だよなあ。んで……この葉書を、あたしは、どうしたらいいの。

まあ、まず、この葉書の男性に、「お手紙どうもありがとうございました、ですが、祖母は先日……」ってな経過報告をするとして……このお手紙を待っていた、お祖母ちゃんには、どうしたらいいの？

亡くなったお祖母ちゃんに連絡するのは(いや、常識からいってそれは無理なんだけどさ、気持ち的に)、簡単だ。お仏壇にその葉書を供えるとか、お線香あげてお祖母ちゃんにそれを報告するとか。でも、その手段だけは、取ることができない。

だって、お祖母ちゃんの中の乙女、お祖父《じい》ちゃんが見ている(ってお祖母ちゃんが思っていた)お仏壇の前で、あの葉書が書けなかったんだもん。あたしが、お仏壇にその葉書を供えたり、お線香あげてお祖母ちゃんに報告なんかしちゃったら、それ、お祖父ちゃんにもばれればれって話になっちゃうじゃない。

これは。あたし、本当に、困った。

このあとずっと、何日も何日も、困り続けた。

うん。だって。お祖母ちゃんの乙女心は、確かにあたしに響いたんだもん。あたしの中の乙女が、お祖母ちゃんに共感しているんだもん。

と、いうことは、あたし、あくまでお祖父ちゃんに内緒で、お祖母ちゃんだけに、この葉書のことを伝えないといけない訳で……。

と。こんなことを考え出した頃に。ふいに、あたしの携帯電話の電源が切れたのだ。

しかも、それが、とっても変な切れ方。

何たって、何度充電しても、全然電池がたまらないいんだもん。

二日くらい、何回も何回も充電を繰り返して、それでもまったく充電ができなくって、これはもう、携帯、壊れたかなって思って、修理にだしたんだが……こちらもまったく進展がなくて。うん、壊れている部分がないって話になってしまったんだよ。どこも壊れていませんって言われて、それで、あたしの携帯、あたしの処に返ってきたんだけれど……電源が切れているのは、相変わらず。

とりあえず、代わりの携帯を貸与しては貰《もら》えたんだが、とっても不便。

てなことをやっているうちに、お祖母ちゃんの四十九日法要の日が来た。（つまり、この日に、お祖母ちゃんの骨が、うちのお墓にはいる訳ね。）

まず、お寺の中で法要があり、そして、お祖母ちゃんのお骨が、お墓にはいる。お墓の前で、お坊さんがお経をあげて、そして、納骨。

父も母も伯母さんも叔父さんも、みんな神妙な顔をして、祈っている。勿論《もちろん》、あたしだって神妙な顔をして祈ろうとして……で……え？　えあ？

……なんか。

なんか、とっても変なものが見えてしまったので、その瞬間、あたしは、硬直した。

いや、だって。変にも程があるでしょうってものが、あたしの目には、見えたのだ。

んあ？　あう？　これ、何？

お墓の。墓石に、何故か、どこから見てもどうやって見ても、コンセントとしか思えないものが……あった、から。

……コンセント。墓石に。ある訳がない。でも、ある。

あの、何、これ。これ、何なのよ。

言おうとして、あたしは、この台詞《せりふ》をやっとこ呑《の》み込む。何故って、あたし以外の誰にも、このコンセントが見えていないようだったから。

で、こんなコンセントを見てしまって、あたしがわたわたしている間に、無事にお祖母《ばあ》ちゃんの四十九日法要は終わった。んで、みんなが、お斎《とき》に向かった処で……たったひとり、お墓に残されたあたしは……。

……しょうがない、コンセントに、充電ができなくなって以来、何故かずっと持って歩いていた、自分の携帯の充電器を接続してみた。接続した充電器に、充電ができない、壊れてしまった（でも、メーカーは絶対に壊れていないって主張している）あたしの携帯を、いれてみた。

何やってんだろ。大体、何だってあたしは、こんなもん、持って歩いていたんだろ？

自分でも、そう思わずにはいられないんだけれど、でも、なんか、こうしたい気持ちがして。そしたら、その瞬間、あたしの携帯がなんか光を灯したのだ。

あ。これは、只今《ただいま》充電してますサイン。

……充電……して、る、ん、ですか？

あの、今まで、どうやっても充電ができなかった、あたしの携帯に。

しかも。驚く程すぐ、いやもう、充電しだしたと思ったらほんの数秒で、あたしの携帯、充電完了した感じ。

……物凄《ものすご》く……変なことが……只今、ここで、行われている。

それ、百も承知で、あたし、自分の携帯を、手にとってみる。

そして、そこにあった、登録してある、とある番号に、電話をしてみたのだ。登録してあった番号……お祖母ちゃんの携帯。


かけて、みたら。

おそろしいことに、この電話は、通じた。

すぐに通じたのだ。通じてしまったのだ。携帯からは、お祖母ちゃんの声が聞こえてきちゃったのだ。まるでずっとあたしからの電話を待っていたかのように。コール二つもしない間に。

「んーと……葉書が、きたのよ。えっと……〝蛍のことを、とても懐かしく思っております〟ってこと、だった」

あたしがこう言った瞬間、電話の向こうで、お祖母ちゃんが息を呑んだのが、判った。

それから。

「ありがとうね、恵美ちゃん。あのひと……あの蛍のこと……覚えていてくれた、の、ね……」

「お祖母ちゃん？」

「ううん、いいの。……これ、お祖父ちゃんには、内緒にね」

「あ、はい、判ってます、絶対内緒」

「でも、これ聞いて、嬉《うれ》しかった、本当に嬉しい、とっても嬉しい」

お祖母ちゃん……泣いているんじゃ、ないのか？

「恵美ちゃん、ありがとう」

いいえ、お祖母ちゃん。こっちの方こそありがとう。お祖母ちゃんのおかげで、あたし、人間って、〝そう思われているのよりずっと奥が深い生き物だ〟ってこと、実感できちゃった。

そして、その後、あたしの携帯は、まったく普通に充電ができ、まったく普通に使える、普通の携帯に戻ったのだ。

お祖母ちゃんの携帯には、二度と、繋《つな》がらなかった。

ここは氷の国

正樹《まさき》と結婚した時、あたしは二十九だった。

交際期間三年、あたし達は楽しくお付き合いをした。その間、いろんな処に二人で行き、映画観たりコンサート行ったりお芝居観たり、おしゃべりもうんとした。その日の出来事なんかしゃべりあうと、下手すると喫茶店で三時間くらい盛り上がっちゃったし、お酒も一緒に呑みに行った。あたしが正樹のアパートに行って御飯作ったり、正樹が先輩に聞いたっていうレシピをあたしに作ってくれたり。二人でちょっと洒落《しゃれ》たレストランなんかに行った時は、二人が注文したい料理が結構被っていたんで、驚いたし嬉しかった。その他にも、好きな本やCDを貸しあったり。

うん。

結婚する時、あたしは、正樹のことを本当によく判っていたつもりだったし、正樹だってあたしのことを、本当によく知ってくれて……それで、結婚したつもりだった。

そうなんだよ。あたし達、本当に仲のよい夫婦になれた。だって、喫茶店でコーヒー一杯で三時間話していても飽き足らない、そんな感じがずっと続いて、好きな本や音楽は、微妙に傾向がずれていたけれど、お互いに楽しめたし、映画やお芝居観たあとで、お酒交えて三時間トークも普通。食事はどんぴしゃで同じようなものが好き。交際中の男女としてはどうなのって感じの、政治や文化の話だって、反発することや、「その意見は違うでしょう！」ってものがあっても、それでも、思いっきり話しあうことができた。（セクハラ問題とか、男女格差の問題なんか、あたしと正樹では、やっぱ、温度差はあった。でも、こんな話題で二時間議論ができる、議論をしたあと、お互いに、相手の意見に全面賛同ではなくても、共通点をみいだせる、これだけで、あたし達って、ほんっとに相性がいいカップルだって思えたんだ。）

あたしは結婚前、実家にいて、そこから会社に通っていたんで、正樹の部屋に泊まりに行くことこそなかったけれど（親が煩《うるさ》かったし）、なんか理由をつけて、親に内緒で正樹と旅行したことだって、何回もある。三日一緒にいても全然気づまりじゃない、まったく違和感を覚えない、今、別の家に住んでいるのが不思議だ、あたしは正樹と一緒にいるべきだ、そんなことまで思うようになって、それであたし達、結婚したんだ。

結婚式が十一月一日、新婚旅行は南の島で、どこまでも続く遠浅の海、綺麗《きれい》な水色、コテージ脇のハンモックに揺られてトロピカルドリンク呑みながら、おしゃべりしたりゲームしたり。勿論《もちろん》、海では思いっきり泳いだ。あたしは泳ぎってそんなに得意じゃないんだけれど、体育会系の正樹は、とんでもなく遠くまで泳いでいって、あたしはちょっと心配したり。また、あたしがとめているのに、正樹ったら思いっきり体を日に焼いちゃって、翌日ちょっと全身火傷《やけど》っぽくなっちゃったりしたけれど、それも今では楽しい思い出だ。

新婚旅行から帰ってきてからは、夫婦二人の生活。

二人の仕事の忙しい時期が、ちょっとずれていたので、独身だった時よりむしろ二人の時間は減ってしまったんだけれど、それでも、あたし達は、とても幸せだった。楽しかった。

結婚してよかった。

あたしは、正樹と結ばれてよかった。

ほんとに……心から、そう思っていたんだよ。

……その……十一月から……翌年の、五月までは。

☆

五月になったら、驚いた。

だって、五月だよ五月！

この月は、あたしにしてみれば、多分、一年で最も過ごしやすい月なんだよね。暑くもなく、寒くもなく。風が吹くと気持ちいい。雨はちょっと鬱陶《うっとう》しいけど、梅雨じゃないからそんなに雨が続く訳でもない。

でも、正樹には、違ったんだよね。

「暑い！」

五月のある日曜日。確かにちょっと蒸してはいたんだけれど、「ああ、今日は、なんか、むしむしするなあ」って思ってはいたんだけれど……でも、今は、まだ、五月なんだし。蒸すっていってもたいしたことないし。窓開けて、風通せばいいってあたしは思っていたんだけれど……なのに、正樹は。

「暑いっ！　暑すぎるっ！」

って言って、いきなり、家の窓、全部閉めて、エアコンのスイッチをいれたのだ。

いや、繰り返すけれど、今はまだ五月。

エアコン使うのは、もうちょっと季節がすすんでからなのでは……？

☆

そっから先は、凄《すご》かった。

この日から、正樹、エアコンに頼りっぱなしの生活になったんだよ。

いや、繰り返すけれど、まだ、五月。

普通の人間が、エアコン使う時期じゃ、ないでしょうがよ。

でも、正樹は、エアコンなしではいられない。

こ、これは……こーゆーのは。

結婚前には、全然、判らなかった。だって、外にいる時には、エアコンなんて自分の意思でつけたり消したりできないし、映画館が暑くっても寒くっても、それに文句言ってもしょうがないし、レストランだっておんなじ。だから、正樹、暑くっても文句、言わなかったんだなあ。

極めつけは、七月のある日。

あたしは、あんまり寒くて、目が覚めた。時は、まだ、午前五時何十分か。

何だってこんな時間に起きちゃったんだろうって……あんまり、寒かったから、なんだよね。七月なのに。

で、起きたあたし、エアコンがついているのに気がつく。え、寝る時、タイマーかけた筈《はず》なのに。なのに、何で、エアコンが動いているんだ？　いや、それ、聞くまでもないよな、あたしが眠り込んだあとで、正樹が動かしたんだ。

で。その、エアコンの設定を見て、驚いた。

タイマーがいつの間にか解除されていたのはともかく……設定温度が……二十一度。

二十一度？　二十一度！

ありかっ。こんなエアコンの温度設定、ありかっ！

寒すぎるだろうっ。

ここは氷の国かよっ。

七月なのに、布団の中で、寒くって震えているあたしは、何なの。

慌ててエアコン切る。

しばらく時間がたつ。

やっと、あたしがほっとできる温度に、部屋の中がなってくる。

すると、まだ起きる時間じゃまったくないのに、いきなり、熟睡している筈の正樹が、むっくり起き上がったのだ。

ここから先は、ほんとに驚き。

まるでゾンビのように起き上がった正樹、多分目がちゃんと覚めていないいんじゃないかなあ、そんな風情で……それでも、エアコンのリモコンに手を伸ばしたのだ。それでもって、また、エアコンから吹き出してくる冷風。もうしょうがない、ひたすら布団を被って耐えるしかないあたし。

あとで見たら、今回のエアコンの設定温度、二十度になっていた……。

☆

と、いう訳で。

結婚して最初の夏を、一緒に同じ家で過ごすようになって。

それで初めてあたしは判ったのだ。

あたしと正樹。

とても気があうし、いっくらだっておしゃべりできるし、食事の好みは本当に一致しているし、好きな本や音楽だって微妙にずれているところが楽しい、そんな、理想のカップルだと思っていたのに……ただ。ただ、体感温度だけが、一致していなかったんだ。

これは。こんなことは、どんなに付き合いが長くても、同じ家でずっと過ごしていないと、判らない。だから、結婚前のあたしが、これに気がつかなくてもしょうがなかったんだ。（いや。うちの親、かなり煩くて、結婚前、あたし、正樹の家に泊まりに行くことができなかった。あの時、それができていたら……。けど、それが判っていても、それでもあたし、正樹と結婚したよね。そのくらい、正樹が好きだもんね。）

どうしよう。

勿論、こんなことで、正樹と別れようだなんて、一瞬だって思わなかった。

けど……正樹が好む温度は、あきらかに、あきらかに、あたしには、寒すぎるっ！

☆

十月が過ぎて。残暑が終わる頃、やっとあたし、あったかい家で過ごせるようになった。（えーん。なんか、話がすっごい変だよー。やっと残暑が終わって涼しくなったって思うのが普通なのに……。）

あたしは氷の国に嫁いできてしまったんだろうか。あの頃は、ほんとに毎日そう思っていた。

いや、結婚したら、旦那が転勤になって、いきなりほんとの北国に転居することになった友達はいるんだ、でも、あたしが嫁いだ氷の国は、それとは違うっ！　むしろ、北海道に転勤になって、冬場に洗濯物干したらいきなり凍ったとかいう方が、感覚的に納得できるんじゃないかと思う。一番寒いのが夏の寝室だって、これは一体、なんなんだよお。

勿論《もちろん》、あたしが、「寒いっ！」って抗議すれば、正樹もそれは了解してくれた。だから、最初の年、あたしが「寒いっ！」って言えば、正樹は冷房を消してくれた。ないしは、設定温度を普通の温度にまであげてくれた。……その……意識が、ある、時は。

うん、正樹だってあたしを愛してくれているんだ、無闇にあたしに寒い思いをさせるのが本意だって訳じゃない。暑くっても妥協して、あたしが耐えられる温度で生活してくれてたんだ。その……意識が、ある、時は。

そう、問題なのは、意識がない時。

夜、正樹にとって「暑い日」が続くと……多分、悪気はまったくないんだろうなあ、というか、本当に意識なく、夜中に正樹、むっくりと起き上がると、エアコンのスイッチをいれてしまう。タイマーが切れると、ほぼ確実に起き上がってきてしまう。(しかも、無意識のうちに。翌日聞いたって、正樹、それ、覚えていやしない。)

そして、夜中、寒くて起きた時には……エアコンの設定温度が、なんだかとんでもないものに、いつの間にか変わっているのだ。

あたし、結婚する時に、実家で使っていたお布団一式を持ってきたんだけれど……夏掛けの布団は、冬布団になった。夏は、とてもじゃないけれど寒くて、夏掛け布団なんか使えないの。(むしろ、冬は、寝室に暖房いれることもあるし、夏掛けが何とか使える。)

だから。二年目からは、夏、寝室のエアコンの、タイマー設定をやめた。(切れた瞬間、正樹がむっくり起き上がってきちゃうのが、なんか、ほんとにゾンビみたいで怖かったし、一回起きてしまえば、正樹は無意識に設定温度をひたすら下げることが判ったので。）

　ここは氷の国。

　五月になったら、衣替えと一緒に、あたしは自分の布団を入れ替える。夏掛け布団から、冬用の分厚い奴に。七月になったら、押し入れからもう一枚、布団を出す。襲ってくる寒さに備えて。

　こんなことが、二年、三年……十年、続いて。

☆

　結婚後十年たった時。

　その頃は、もうあたし、ここが氷の国だってことを意識しないようになっていた。

　そんで、四月も終わりのある日。なんか、妙にむしむしした日で、あたし。

「ちょっと暑いよね。窓……開けられないか」

　結婚七年目あたりで、正樹は花粉症になっており（それも、杉と檜《ひのき》のダブル。もう、杉花粉が飛びだす一月から、檜花粉が収まるゴールデンウィーク明けまで、うちの窓は開けられない）、そんで、二人して頷《うなず》きあって、エアコンのスイッチいれて。

　そしたら、正樹が。

「佳代《かよ》ちゃん、設定、何度にしてる？」

「え？　何で？」

「ちょい寒いかも俺」

「え……」

あたしは、むしろ、まだ暑いような気がするんだけれど。

と。

この会話をやった瞬間。

なんか、あたしには、込み上げてくるものがあった。


ああ。

あたし、ほんとに、氷の国に、順応したんだ！　あたし、正樹と同じ、氷の国の住人に、なれたんだっ！


と、いう訳で。

てへっ。

なんか、すみません。

これ、単なるあたしの惚気《のろけ》です。

結婚十年、あたしと正樹は、未《いま》だにこんなに仲良しです。あたしは、しっかり、正

樹の国の住人になってしまいましたっていう。

俺と佳代子は仲のいい夫婦だと思う。話もあうし趣味も結構近い、食事の好みなんかぴったりで、ああ、本当に結婚してよかったよなあーって、いつもいっつも、思っている。今の処、残念なのは子供がいないことだけなんだけれど、俺、佳代子がいれば、それでいいかーって、心のどこかで思ってもいる。子供も欲しいんだけれど、それを目標にして、努力するのは、何か変かなって。まだいない子供より、今ここにいてくれる佳代子の方がずっと大事。

ああ、すまん、これ、惚気？

で、そんな佳代子が、先日、言ったのだ。

「あたし、正樹の国の住人になれたよね？」って。

これ、何なんだろうと思ったら……俺の冷房依存問題の話だったみたいで。

いや、結婚直後は、ほんとに佳代子に寒い思いをさせた（んだろうと思う）。それは本当に反省している。

でも。本当に、心から嬉《うれ》しそうに、〝俺の国の住人になれた〟って言っている佳代子……それは、多分、違うから。順応したんじゃ、ないと思う。

俺の愛する佳代子。最愛の佳代子。

おまえ……この十年で、二十キロは、太っただろ。

俺がやたらと暑がりなのは、もともとスポーツやってて筋肉質な処に、大学時代、運動やめたにもかかわらずファストフードばっかり喰《く》って、やたらと脂肪をつけちまったからだ。んでもって、おまえも……。

まあ、でも。

そんなこと、言っていい訳がない。

それに。

確かにおまえ、俺の国の住人になったのかも。

暑がり、ぽっちゃりさんの国に、ようこそ。

第2章　神様、どうかお願い

初夢

最近の日本では。大晦日《おおみそか》が近づくと、神様達は大忙しになります。
夢の仕込みです。
これ、何かって言いますと……。

☆

どの神社にも、祀《まつ》られている神様がおわします。（勿論、神社のない神様もおわしますが、神様がおわさない神社はありません。）その、神社におわす神様のうち、何柱かのお方が、ふっと思ったのですね。

お正月。氏子《うじこ》達はこぞって神社に参拝します。氏子でなくても、なんでだか参拝します。普段神社に参拝なんかしないのに、別に氏子っていう訳でもないのに、お正月だけ参拝するひと、その数が、年々、年々、凄《すご》いことになっていますから……これは、神様側からも、何かした方がいいのかな？って。

何たって日本の神様は八百万《やおよろず》もおわします。そんでもって、神様方は、神無月には出雲《いずも》で集会やってます。その場で、とある神様が、ふと、「来年はうちの神社に参拝してくれた人間に、願いを叶《かな》えるって御利益《ごりやく》をあたえようかなー」なんて、ぼそっと呟《つぶや》いたので、さて、集会、大紛糾。

「いや、待て。ちょっと待て。そっちの神社に参拝した人間だけが御利益にあずかるというのはまずい。うちの神社に参拝した人間にも」

「それならうちだって」

「のりましょう。うちもやります」

「ちょっと待ってくれ。うちの神社にお参りにくる人間が願っているのは、主に〝○○大学に受かりますように〟〝××高校受験合格〟って奴だぞ」

「いや、そりゃ、あなたは学問の神だから……」

「これ、参拝客全員の願いを叶えてしまうと、大学の募集人数を超えてしまう可能性がある」

「そちら程ではないですけれど、うちにだってそういう願いはよく来てます」

「だから日本全国の神社が、揃ってその願いを叶えてしまうと、絶対に大学側の募集人数を超過してしまうと思う」

「その前に、〝世界平和〟とか祈ってる人間もいるじゃないですか。これ……いくら神であっても、我々だけでは、無理でしょう」

「確かに。〝世界平和〟って言われたら、外国の神とも交渉しないとまずいし……とは言うものの、やりたくないなあ……。どうも、一神教の神って、苦手っていうか、話が通じないっていうか」

「自分以外は、神だって、絶対認めてくれないですしねえ」

「大体、個別にバッティングする願いだってありますよ？　〝夫の浮気を何とかして欲しい〟っていう人妻と、〝あのひとが奥さんと別れてあたしと一緒になってくれますように〟っていう愛人が、両方共神社へ来たら、どう対処するんですか」

「……夫二人作る以外の解決法はないなあ……」

「そりゃ、力のある神なら、人間の一人や二人、簡単に作れますけどね、それ、どう考えてもまずいでしょう」

と、いう訳で。いろいろ紛糾した挙げ句、神社に参拝した人間に、その人間が望んでいる御利益をあたえるのはまずいっていう点で、神様方は一致したのでした。とはいうものの。

一回、こんな話題で盛り上がってしまったんだ、何かしたい気分だけは、神様方の間で溢《あふ》れかえっています。

そこで。

「人間には、愛別離苦《あいべつりく》って言葉があるらしいなあ。愛するひとと会えなくなる苦しみ」

「それ、仏教用語ですよ？」

「いいんだ、うちの神社、お寺さんと一緒だから。それで、だな、これはどうだろう。愛しているのに会えなくなった人間に、会わせてあげる」

「いや、死んだ人間、生き返らせるのはまずいってばっ」

「そうじゃなくて。夢の中で。……お正月っていえば、〝初夢〟だろ？　で、前から、人間達が言っている、いい〝初夢〟っていうのが、謎だったんだ。一富士、二鷹《たか》、三茄子《なすび》、だったか？」

ここでこの発言をした神様は、自分のことをぎろっと睨《にら》む視線を感じて。そうでした、富士だって神様です。その上、富士塚なんかがある神社も、かなりの数、存在します。

「いや、富士山はいいんだ、富士山は。霊峰なんだから。けれど、鷹と茄子は、なんなんだ。鷹や茄子が何でいい夢なんだ」

……日本の神様は八百万ですから。鷹の神様だって、茄子の神様だっているんですけれど……まあ、富士山に較べれば、極小勢力ですね。でも、それに気がついた、この発言をした神様、慌てて仕切り直して。

「まあ、とにかく、えーと、初夢、だな？　そこで、もう会えなくなった愛するひとに会わせてやる。参拝した人間、みんなに、平等に、これをやってやる。これはどうだろう」

ああ、これは、いい提案かも。

たとえ夢の中であったとしても、もう会えないと思っていたひとに会えたら、きっと、人間、嬉しいよね。しかも、それ、現実の社会にはまったく影響がない話だし。

「とはいえ……氏子の数を考えると……いや、そもそもお正月には、氏子ではない人間がやたらと参拝に来る訳だから……我々だけで、そんな数の人間の初夢を、管理できるのか？」

「いや、何も〝初夢〟じゃなくてもいい。松の内くらいに、夢をみせるっていうことで。なんせ、我々は、八百万。神社を持っていない神にも協力してもらえば楽勝だろ？　一柱の神で十数人を担当すれば、すぐに日本人の総数くらいに達するぞ？　一晩で、二、三人の人間の夢を操れば、松の内に何とか参拝した人間全員をカバーできるのではないかと」

☆

と、いう訳で。

除夜の鐘が鳴ったあたりで、神様達は、手分けして自分の担当の人間をリサーチ。

そして。

☆

一昨年《おととし》死んだおばあちゃん。どうしてだろう、おばあちゃんの夢をみた。

お正月の二日か三日で、パパは会社の上司ってひとに御挨拶《あいさつ》に行っていて、ママはお買い物。あたしとおばあちゃんは、二人でこたつにはいっていて、駅伝の中継なんか見ながら、蜜柑《みかん》、食べてる。こたつで蜜柑。いっくらでもはいっちゃうのが大問題。で、蜜柑がなくなったので。おばあちゃんが、ちろっとあたしを見る。そして。

「幸枝《さちえ》、蜜柑とってきて」

あたしもちらっとおばあちゃんを見る。そして言う。

「おばあちゃんの方が、蜜柑のはいってる段ボールに近いよ。体伸ばせば、段ボールに手が届くんじゃない？」

「おまえの方が私より若い」

あ、あ、あり得ないー。こんな返しは、あり得ないー。

でも、あたしはしょうがないから、こたつから出て、立ち上がって、蜜柑のはいっている段ボール箱へと進む。

「孫と年を競うおばあちゃんって、あり得ないでしょうがよーっ！」

うん、別に、なんか思い出深いシーンって訳でもないよな、おばあちゃんが死ぬ前の、病気になる前の、ごく普通の生活。当たり前の生活。

でも。

なんか、懐かしくって、涙、出た。

☆

祐介《ゆうすけ》の夢をみた。

あたしと夫が歩いている先を、走っている祐介。

ここで、あたしの心は、二つに割れる。

〝走るな、祐介、絶対道を走っちゃいけない！〟

そう思っているあたしと、祐介が走っているのを、楽しく見ているあたしに。

「あいつ、思いの外、足、速いんじゃねーの？」

どんどん視界から遠ざかってゆく祐介を見て、夫が言う。

「運動会とか、得意なんじゃね？」

「あたしの血だね」

えっへん。ここで、あたし、かなり自慢気にこう言ってみせる。そして夫は、こんなあたしの台詞《せりふ》を、すべて肯定して。

「確かに、俺の血じゃねーよなー。俺、本当に、体育とか苦手だったもん。運動会のリレーとか、最悪だったよなあ」

そしてそれは、あたしの最大の見せ場だったんだ。あたし、いつだって、運動会のリレーではアンカーで、とにかくひとを抜きまくっていた。

そして、走ってゆく祐介を、あたしの子供を……とても、楽しい目で、見ていたことが……あったんだ、そういえば。

この時のあたしは、祐介が走ってゆくのを見るのが、本当に楽しかった。それを見られるのが幸せだった。

そんなこと……もう、忘れていたのに。

でも、この時のあたしは、あの時の〝幸せ〟気分を、満喫していた。

走り出した祐介が、この三年後、走っていて、車にはねられて、死んだこと……この時のあたしは、まだ、知らない。

だから。本当に、あの時は、走っている祐介を見るのが、楽しかったのだ。

祐介が死んだ時。あたしの心も死んで、もう二度と生き返れないって思っていた。

うん、あれから二十年もたった今だって、祐介の死を、あたしの心は消化できていない。

でも。あの時は、確かに、走っている祐介を見るのが、それだけで、本当に本当に、幸せだったんだよね。

そんなこと……思い出せて、よかった。

☆

初夢で。何だってうちの旦那《だんな》のことをみなきゃいけないんだろう。

自分が眠っている、これは夢だって判る（明晰《めいせき》夢っていうんだっけか、こういうの）夢の中で。

私、最初にこんなこと、思っちゃった。

旦那。連れ添ってすでに三十年を越す、恋愛結婚だったただなんて嘘だろー、もう、家庭内捨てられない生ゴミとしか思えない、私の夫。定年になってからは、すでに生ゴミのレベルを超えて、産業廃棄物にしか思えない私の夫。（まあ、放射性廃棄物でないだけましかい。）

その旦那と、まだ、三十代初めの私が、何故か一緒に歩いている。もう暮れてしまった道で、前にある街灯の灯に、紅葉《もみじ》のいろが透けている。あんまり赤い紅葉じゃないんだ、ちょっとオレンジに見える、綺麗《きれい》な、オレンジの雲みたいな、紅葉の影。

ああ、これは、結婚前、私が住んでいたアパートへと続く道だわ。あ、これ、ひょっとして、結婚前、旦那が私をアパートへと送ってきてくれた時の、記憶？

だとすると。私、ちょっと、どきっとする。いや、だって、これって……これって……。

街灯の下に、私達が達する。私達を覆う、オレンジの紅葉。そして、街灯から離れるにつれ、前方に、影ができる。オレンジの紅葉の中に浮かぶ、二つの影。並んで歩いている、私と旦那の影。その影は、長くなって……。

「千夏《ちなつ》さん」

そして、旦那は、いきなり立ち止まるのだ。二つの影が、地面に伸びる。彼が立ち止まったものだから、しょうがない、私も立ち止まって。それに、〝千夏さん〟って、何だ、〝千夏さん〟って。私、もう、旦那からそういう風に呼ばれたことって、二十年くらい、なかったような気がする。けど……確かに昔は、付き合い始めた頃は、彼、私のことをそう呼んでいたような覚えが……。

それから、彼は、そっと、私の手を握る。まるで宝物を握っているかのように、そっと。まるで壊れ物を握っているかのように、優しく。

「僕と………」

しばらく続く間。この瞬間、まだ若かった私は、彼が何を言い出すのか判ってしまって、で、どきどきして、わくわくして……だから、私も、何も言えない。ううん、何も、言いたくない。これは、これだけは、彼の方から言ってもらわなきゃいけない。

「千夏さん。……僕と……僕と……」

もどかしいくらい、逡巡《しゅんじゅん》する彼。その彼の逡巡が愛しい私。私の右手を握っていた彼の左手に、彼の右手が参加してくる。両手で私の手を握った彼は……。

「僕と、結婚してもらえないでしょうか」

次の瞬間。私は、思わず、自分の右手に力を込める。いや、勝手に力がはいってしまったのだ。すると、彼、なんかわたわたして……。

「あ、嫌、ですか、駄目、ですか」

「莫迦《ばか》」

違うのに。何でそんなことが判らないの。莫迦。違うのに。

でも、私も、他に何も言えずに。

ただ、ただ、頷《うなず》いていた。首をこくんって曲げて、頷いていた。言葉にしての返事なんか、できなかった。


明晰夢だって判っていたのに。夢だって判っていたのに。

この瞬間、私、なんだか涙ぐんでいた。

産業廃棄物の旦那。定年になったっていうのに、家事なんかまったく手伝ってくれず、いつだって偉そうなうちの旦那。でも、この、旦那の芯《しん》には……きっと、この時の、もう会えなくなった純情青年が、潜んでいる筈《はず》、なんだよね。うん、旦那のことを産業廃棄物なんて言う、酷い妻の私の中にも……あの時、言葉にして返事ができなかった、そんな乙女が、隠れている筈。

もう会えないと思っていた、昔の彼。そんな彼に、夢の中とはいえ、はからずも会ってしまって……。

明日《あした》。起きたら、ちょっとだけ、旦那に優しくしてみようかな。お正月だし。年が改まったんだし。新年だし。

そんなことを、私、ちょっと、思った。

☆

と、まあ。

こんな、八百万《やおよろず》の神様の活躍によって、日本のお正月は、とても素敵なシーズンになっております。

うん、神様達が、手分けして夢をみせてくれるおかげで、新年に参拝したひと達はみんな、覚えていなくても、なんだかちょっと、ほっこりした気分になれるんですよ。

あけましておめでとうございます。

ぱっちん

しーちゃんはね、ぱっちん、が、好きなの。

ぱっちん。

おうちのお部屋の、ぱっちん。背伸びしてー、うーんとうーんと手を伸ばすと、ぱっちんに届くの。それで、押すの。ぱっちん。

これを押すと、明るくなったり暗くなったり。灯《あかり》がついたり、灯が消えたり。

この時に、ぱっちんって、音がするの。

ぱっちん、するの、とっても好き。

でも、ママは、しーちゃんがぱっちんをすると、怒るの。

こんなに楽しいのに。

しーちゃん、ぷんぷん、なの。

☆

「ごめん、今、電話いい？」

　あたしは、大学時代からの親友である茜《あかね》にこう言う。只今《ただいま》夜の十時ちょい。ひとの家に電話をするにはかなり遅い時間。だから、普通は遠慮してこんな時間に電話なんかしないんだが、うちの娘・静音《しずね》がやっと寝てくれたのが、ついさっきなんだよー。

　何だって三歳児が、こんな遅くまで起きているんだ。いや、静音をベッドにいれたのは八時だ、そのあと、絵本読んで、九時頃、静音が眠ったって思ってベッドサイドを離れようとした瞬間、火がついたように泣きだして（この泣き声を聞く度に、〝静音〟っていう名前をつけたのは絶対に間違いだって、あたしは思ってしまう）、慌ててもう一回、静音に寄り添い、子守歌歌って、ようやっと静音が眠ってくれたかな？って思えたのが、九時半。んで、そのあとも、また静音が起きちゃったらどうしようって思うと、なかなか静音の側を離れることができず、今さっき、やっと静音の側から離れることができて……これで、やっと、あたしの時間。んで、茜に、電話してみた。

「ああ、いつもの〝しーちゃん電話〟？　いいよー、あとは、ワインでも呑《の》んで寝るだけだから」

　あたしが言いたいことが判っているんで、茜は、さらっとこう受けてくれる。

　いや、ほんっと、茜には申し訳ない。あたしにとって、静音は初めての子供で、扱い方がよく判らないっていうか、子育ての苦労がほんとに凄《すご》いっていうか……。で、本当に困った時は、親だの公園で知り合ったママ友なんかに相談するんだけれど、この種のひと達に相談すると、新米ママのあたし、結構怒られちゃったり、教えを示されたりしちゃうんだよね。「それはあなたが悪い」とか、「こんな風にしてみたらどうですか？　今までやっていた、これこれこういう方法は、間違っていますよ」、とか。勿論《もちろん》、それはとても参考になる意見だ。ありがたいことも事実だ。現実にそれで助かっていることも多い。

けれど。

切羽つまって、ストレス溜《た》まりまくりで、辛《つら》い時には、注意やアドバイス、実は欲しくない時もある訳。ひたすら、愚痴を聞いて欲しいだけ、そんな時もある訳。んで、そんな時に電話するのが、旧友の茜だ。何たって彼女は、うちの大学の出世頭、某外資系企業で女だてらに凄い地位まで昇進し、しかも、独身。子供がいない。故に、こと、子育て関係については、あたし、彼女から、怒られたりアドバイスを受けたりする可能性がない。

「今、ワイン持ってきたー。今日はね、チリ産の奴、いってみようかと思って。おっと、ちょっと待ってね、冷蔵庫からチーズ出す。こないだ、チリのワインと相性がいいチーズを買ってきたんだよね、それ、今、出すから……。あ、出した。んでは、お話しください」

おおおお。茜に電話すると、いっつも思うんだけれど、彼女って、なんか、優雅だよねー。この優雅さが、茜に電話する理由でもあるんだ。電話切り替えて、手ぶらでワインなんか呑みながら、茜はあたしの電話に対応してくれる。それが判っているから、こっちも安心して愚痴を零《こぼ》せる。

で、あたしは、いつものように、愚痴愚痴愚痴愚痴愚痴、ひたすら、愚痴を、彼女に対して零しまくり……。

☆

「静音はね、〝ぱっちん〟って呼んでいるんだけれど、ほんっとおにスイッチの類《たぐい》が好きなのよ。あれ……何でなんだろう。例えば静音、うちのリビングの電気を、背伸びまでしてひたすら、つけたり消したりし続けるんだわ。もう、あたしが制止しない限り、何回も、何十回も、ずっとずっとそれをやり続けている」

「ふうん」

「こないだなんか、『となりのトトロ』歌いながらスイッチ押してたのー。となりのトットロ、トットーロ、トットロの〝ト〟の処で、スイッチ押すの。あれ、本人はスイッチ、楽器にしている気分なのかな。スタッカート部分でカスタネットがわりに押してますって雰囲気で」

「かわいーじゃないー。それに、なんかそれ、リズムがあるぴかぴかで、クリスマスイルミネーションみたいで、よくない？」

「よくないっ！　あのさあ、部屋の照明のスイッチって、あれ、消耗品でしょ？　どのくらいで磨耗すんの？」

「あ……いや……それは私も知らない……」

「今の調子で静音がスイッチぱちぱちやってたら、絶対、近い将来、あれ、磨耗すると思うのよ。……で……スイッチが磨耗して利かなくなっちゃったら……それ、どこで直して貰《もら》えばいいの。電器屋さんなの、それとも配線の方なの？」

「うっ……私、寡聞にして家の照明スイッチを使用しすぎて磨耗した話って、聞いたことないわ」

「あたしも、ない。でも、静音、放っとくと一日何百回も、ひたすらスイッチ押し続けるのよ？　これでスイッチが磨耗しない訳がないと思う」

「……その前に、電球が、消耗しそうだね……」

「ああ、そう、そっちも！　電球なんて、数秒毎につけたり消されたりすること、多分前提にしてないよね？　なら、そっちの方がずっと問題だわ」

「確かに、電球にしてみたら、いい迷惑なんだろうなあ。……でも、しーちゃん、他のものは大丈夫なの？　家電のリモコンとか」

「ああ、そっちが大丈夫なのだけが救いだわ。TVのリモコンは、押しても音がしないし、エアコンのリモコンは、ピッて音がするのは本体の方で、リモコン自体は鳴らないんだよね、うちの。音がでないものには、とりあえず、興味ないのよ静音。だから、今、とっても危険で、絶対に静音に触らせないようにしているのが、電話ね」

「？」

「いや、プッシュホンって、押すと音が出るじゃない。あれが静音にばれてしまったら……」

「あ、わはははは。〝となりのトトロ〟のスタッカート部分にあわせて、部屋の照明をパチパチしているしーちゃん、万一プッシュホンの〝ピッ〟なんて知ってしまったら」

「絶対に、電話で演奏すると思う。んなことして、他人様《ひとさま》の家に静音が勝手に電話を掛けちゃったら……」

「あはは、まずい、まずい、それはまずい」

「だからもう。電話だけはっ！　あたしと旦那《だんな》の携帯は、勿論自分で携帯して静音が触れないようにしているし、家電《いえでん》もね、親機は鍵《かぎ》のかかるキャビネットの中にしまってる。普段使うのは子機で、これは冷蔵庫の上に置いてあるの」

「……電話の子機が冷蔵庫の上にある家庭……。うーん、新鮮だ」

「ここなら静音の手が、絶対に届かないから」

こんな会話をしばらく続け。やがて、茜の方から。

「うん、ワイン、グラス二杯呑みました。私、これで寝るわ」

ということは、今日の愚痴電話は、これでおしまい。茜の方からこう言ってくれること、これがまた、あたしが茜に愚痴電話をしやすい理由でもある。

「うん、じゃ、おやすみ。んでもって……いつもいつも、ありがとね、茜」

「いーえー、どーいたしまして。私が元彼との別れ話が拗《こじ》れていた時、翔子《しょうこ》はほんとに親身になって私の電話、聞いてくれたもんね。お互い様ってもんよ」

いや。今となっては、あたしの方の借り分が多い。あの時の貸しを絶対に超過してる。

☆

ざ。ざざざざ、ざざざ、ざざざざ……。

あの電話から数日後。あたしが住んでいる地方を、記録的な大雨が襲った。

その日、あたしは、泊まりがけで出かけていたのだ。定年後、御自分の田舎に帰っていた恩師が亡くなり、その告別式に列席する為に。うちからその恩師のお宅までは、時刻表をどうひっくり返しても、朝、自宅を出て、恩師のお宅には告別式の時間までにはつけない位置関係。だから、前日の夜、恩師の御実家の近所にホテルとったんだあたし。静音のことは、母に任せて。

うん、今、家には母が泊まり込んでくれている筈《はず》。

旦那はなあ、いつものことながら、家にはいない。いや、いつだってあいつは、家にいないんだよ。あたしが静音を寝かしつけるのに苦労している時、茜に愚痴を零している時、いつだってあいつは家にいない。しかも今日は、二泊三日予定で出張なんてしやがってる。家にいないどころか、家に帰れる位置にすらいやがらない。

そんで。ホテルに泊まっているあたし、TVつけたらうちのあたりで記録的な大雨でしょう、心配になって、うちに電話してみた。

「ああ、翔子？　あのね、何で電話の子機が冷蔵庫の上なんて処にあるの」

かなり呼び出し音が続いて、あたしがいい加減心配になった時、やっと電話をとってくれた母は、まず、開口一番、文句。

「あ……いや……そりゃ……」

「こんな処に電話の子機があるだなんて、普通思わないわよっ！　音を頼りにどんだけ私が子機探したと思うの！」

……あ……いや……そりゃ……すみません。けど、今、あたしが最も心配なのは。

「雨の状況はどうなの？　ニュースだと、なんか凄《すご》いみたいなんだけれど……」

「いやあ、凄いわ。滝みたいな雨よ。でも、この辺は高台だし、近所に河はないし、住宅街だからすぐ側に崖崩《がけくず》れが起きそうな山がある訳でもなし、ま、平穏っちゃ平穏。でも、家の前の道路、まるで河よー。水たまりができているんじゃなくて、水が流れてる。こんなの私、初めて見たわ」

「静音は……」

「全然平気。さっきまで『トトロ』見ていて、今は『魔女の宅急便』見てる。荒井由実《あらいゆみ》の『ルージュの伝言』なんて、私世代の青春の時の曲だったのに、しーちゃん歌ってるわよー。♪しかあってもらうわ、マイダーリン」

……なんか……母が、電話口で歌いだしちゃったんで……まあ……うちのあたりは、無事なんだろうな。そう思ってあたし、電話を切って。

でも、翌日。恩師の告別式が済んだあたりから、スマホで確認する情報は、どんどん怖いものになっていったのだ。

ついに、うちのあたりにも避難勧告が出ちゃって……これは、二つ隣の町だ。勿論《もちろん》、うちとそことは状況が違う。避難勧告が出た町は、結構近くに大きな河があったと思うし、河の側に田圃《たんぼ》が連なる、そういう町だから……。でも、自分が知っている、自分が御近所だと思っている処に、避難勧告が出ちゃったって……これは、怖い。なんか、怖い。

だから。告別式が終わり、恩師の御遺体を載せた霊柩車《れいきゅうしゃ》が出た処で、あたしは失礼させてもらうことにした。とても素敵な先生だったのだ、生徒達が、集まって恩師を偲《しの》ぶ飲み会をしたい、とか言ってるの、ごめん、あたし、パス。

とにかく。とにかく、一刻も早く帰らないと。なんだか、静音が、ほんとに心配。

☆

その上。何故か、家に掛けた電話が、繋《つな》がらないのだ。

もう、母、何やってんだろう。うちの電話の子機は、冷蔵庫の上にある。一回それが判ったのなら、電話、すぐにとってくれてもいいんじゃない？　なのに、どんなにコールしても、誰も電話に出てくれない。（……いや……母……冷蔵庫の上の子機を発見したあと、それをどっか適当な場所に置いちゃって、今では逆にその位置が判らなくなっているのか？　そういう可能性は、ある。けれど、なら、鍵つきのキャビネットの中にある、親機の受話器をとればいいんじゃないか？　あの鍵は、静音は無理だけれど、大人なら簡単に解除できる筈だぞ、それもとってくれないって、一体どうしたんだ。）

苛々《いらいら》、苛々、苛々、苛々。苛々しながらも、とにかくあたしは、かなり家の近所まで帰ってきた。時に、午後八時。

そんな時に、あたしのスマホが鳴って……あたしは、とんでもないことを知ってしまったのだった。

☆

スマホが鳴って。掛けてきたのが『父』だったので、あたし、ちょっと、驚愕《きょうがく》。いや、母はともかく、父から電話があるだなんて、本当に久しぶりだったもんで。

「翔子！　落ち着いて聞けっ」

いや、言ってる父が、すでに落ち着いていない。

「かあさんが心筋梗塞《こうそく》の発作を起こして、救急搬送された」

え？　昨日、『ルージュの伝言』歌っていたのに？

「聞いてみたら、119番通報があった場所は、おまえの家だっ！」

え、うち？

「今日の昼すぎ、おまえの家から119番通報があって、救急隊が雨を押して何とか向かった処、玄関の鍵が開いていて、玄関で倒れている女性を救助したそうだ。これが、かあさんだ。多分、倒れてしまったかあさん、何とか玄関まで行って、119番をして、玄関の鍵を開けて……そこで、意識を失ったみたいだ」

「だ、大丈夫なの、お母さんは、あの」

「とりあえず、かあさんは、今、小康状態だ。救急隊は、意識不明のかあさんを病院に収容して、ちょっと前に、かあさんの携帯に〝夫〟って登録されている俺の処に電話がきて、俺は今、病院について……」

「あ、あたしも、すぐ、病院へ行く！　それ、どこの何病院？」

「いや、その前に。しーちゃんが、いないんだっ！」

「って？」

「救急隊がついた時には、かあさんが倒れていただけだったんで、救急隊、かあさんを収容しただけで帰ってきちまったんだよっ！　静音のこと、誰も知らない。時間から考えるに、おそらくはしーちゃんのお昼寝の時間にかあさんが発作を起こして……」

あ、有り得る。すっごく有り得る。静音が眠っている時に、母が発作を起こし、倒れてしまったのなら……多分救急隊は、家の中に三歳児がいることに気がつかなかった可能性はある。となると……今、この大雨の中、静音は、たったひとりで、家の中に取り残されているってことで……。

「俺はおまえの御近所さんの電話番号が判らない！　だから、近所のひとに、静音のこと、連絡できない」

あ、あたしだってできないっ！　何てことだ、近所付き合い、もっとずっと綿密にやっときゃよかった。

「おまえは今どこだ？　かあさんのことはいいから、すぐに家に帰れっ！　下手するとしーちゃん、この雨の中、たったひとりで家の中に……」

言われるまでもない。

聞いた瞬間、あたし、電話を切りもせずに、ひたすら走りだしていた。

この雨。家の近くまで帰ってくるとよく判る、雨。酷《ひど》い雨。凄い雨。

とりあえずは、電車だ。この雨だ、道の状況がよく判らない。処によっては不通になっている可能性も、凄《すさ》まじい渋滞をしている可能性も、ある。なら、路線が生きている限りは、多分電車が一番早い。

幸いなことに、うちの最寄り駅までの電車が、ちょうど出る処だった。あたし、今までの人生で一番際どい駆け込み乗車をする。(あたしが電車に乗った瞬間、「駆け込み乗車はおやめください」ってアナウンスがあったんだ、あたし、多分、ほんとに酷い駆け込み乗車をしたんだろうな。)

窓の外は雨。電車に乗って、ドア付近でぜいぜい言っているあたしを、あざ笑うかのような、本当に凄い雨。

この雨の中……ひとりでいるかも知れない、静音。

どうしよう、大丈夫なんだろうか、どうしよう、平気なんだろうか、どうしよう、静音、泣いていないか。

☆

自宅の最寄り駅についた時、あたしは、もう、何も考えていなかった。濡《ぬ》れるとか、傘をささないと、とか、そんなこと、なんにも。（そもそもあたしは傘を持っていなかった。）

どんだけびしょびしょになろうとも、とにかく歩く。どんだけ雨があたしの視界を遮ろうとも、ひたすら歩く。どんだけ雨があたしの行く手を阻もうとしても、それでも歩く。

歩く。歩く。歩く。歩き続ける。（本当は駆けだしたかったんだけれど、それやっちゃうと、体力の消耗が酷くて、〝歩き続ける〟よりまずいことになるんだろうなーって思うだけの理性は残っていた。）

この角を。

歩き慣れた道だ、あたしには判る。

この角を曲がると。

うちが、見える。うちの灯が、見えるんだ。

そして、角を曲がった瞬間……。

☆

ぱちぱち、ぱっちん、ぱっちん……ぱっちん、ぱっちん……。

うちの、電気が、ついたり消えたり。

あ……これは……『となりのトトロ』のリズム。

静音が……しーちゃんが、演奏しているんだ。となりのトトロを。しーちゃん言う処の、〝ぱっちん〟で。

へなへなへなー。

あたし、体から力が抜けるって、この時、本当に判ったような気がした。本当に力が抜けてしまったのだ。あたしは、水たまりがとってもいっぱいある、というか、すでに、河になっている道路に、膝《ひざ》をついてしまったのだ。

うへえ。あたし、喪服、着ておりましたがな。

これはもう、クリーニングだっていうか、クリーニングに出しても駄目かも、なんだけど。

ああ、でも、よかった。

静音が、無事なら、よかった。

かみさま。
ありがとうございました。
本当に、静音が無事で、よかった。

ま、このあと、あたしは、静音の〝ぱっちん〟に、なかなか文句を言えないような気分になり……しばらく、電球代が凄《すご》いことになったが。

王妃様とサミ

昔々。とある処に、王国がありました。勿論《もちろん》、王国ですから、王様がいます。ですが、その王様が、まだ三十代半ばだというのに、いきなり病を得て、亡くなってしまわれたのです。

残されたのは、十歳の王子様と、もっと稚《いとけな》い第二王子、そしてまだ赤ちゃんの姫です。

この王子様は、確かにまだ、とても幼くはありましたが、王国の世継ぎです。すぐさま、即位され、王子様は王様になりました。（勿論政務は重臣達が執り行っております。）それにともなって、今まで王妃様だった方は、王大后様になり、すぐさま、隣国の王女様が、輿入《こしい》れすることに決まり、この国には、新たな王様と王妃様ができたのです。（輿入れをしてきた王女様は、そもそも三女でして、言い方は何ですが、〝そういう存在〟だったのです。長女の姫は、普通長男の王子様がいますから、自分の王国を継ぐことはまずないのですが、兄弟に万一のことがあった場合、重臣の息子を夫にして、女王になる可能性があります。ですから、そういう教育をされています。けれど、次女、三女は、基本的に、輿入れ要員。近隣の国に、王妃として輿入れする為に、育てられています。ですので、この結婚は、関係者みんなが納得していたものだった訳です。)

ですが。

ところが。

☆

この国に来て以来。

王妃様は……とっても……とっても……とっても……あの、何、だ？　とっても、いわく言いがたい感情を、抱いていたのです。

何なんだろう、この感情。

自分でもよく判りません。

自分は、よその国の王様に嫁ぐのだ、それが自分の仕事なんだって、子供の頃から言われておりましたから、今、この国の王様に嫁いだこと、それ自体には何の疑問もありません。ですが……あの……この、今、自分を覆っている、この、感情は、何？　なんだか、透き通っていて、少し青くて、よくよく見ると心が震えそうになる、直視するのが辛《つら》い、こんな感情は、何？

「サミ、だよ」

王妃様のお住まいは、王宮の一番奥にあります。ですので、この言葉を聞いた瞬間、王妃様はとても驚きました。いや、だって、侍女や、それこそ王様を除くと、自分に声をかけてくるひとなんて、この部屋にいる訳がないのに。

なのに、今、声が聞こえてしまいました。だから、慌てて。だから、驚いて。

「あ、あなた、誰」

「だから、サミ、だよ」

見ると。

ちっぽけな、いかにも貧しげな姿をした子供が、視界の中にいました。……え……いつから。どうやって、この王宮の、それも最奥にある筈《はず》の、この部屋まで、この子供はこられたんでしょうか。

「あ……」

こんな処に、王様でも侍女でも重臣でもないひとがいる。これはもう、ただそこにいるだけで、死に値する罪でしたので、王妃様は、叫ぼうとします。叫ぶ為に息を吸います。

ですが。

結局、王妃様は、叫びませんでした。

何故なら、叫んでしまうと、必ず近習《きんじゅ》のひとが来てしまい、その場合、この子供は間違いなく死罪になるでしょう。それが……なんだか……いささか、しのびないような気持ちがして。まあ、そこにいたのが、大人ではなくて、ほんとによるべない子供にしか見えなかったからだっていう理由も、あったのでしょうが。

それに……実は、まったく違う理由も、ありました。王妃様は、誰かと会話をしたかったのです。

「あの……あなたは、誰」

「だから、サミ、だよ。そう言ったじゃない」

「で……何でここにいるの」

「王妃様が呼んだから。だから、来ました」

え。間違いなく王妃様、こんな子供を呼んでいません。だから。

「呼んでなんていないわ、わたくし」

「呼んでるよー」

子供、なんだかちょっと拗《す》ねたような雰囲気になると、唇を尖《とが》らせて。

「王妃様、お輿入れした時からずっと、なんか、いわく言いがたい、透き通った青っぽい感じがしているんでしょ？　それで、胸のあたりが、ずっとずっと痛かった」

あ。言われてみれば。確かに王妃様、胸のあたりがずっとずっと痛かったのでした。

「その〝痛み〟はね、〝寂《さみ》しい〟っていうんだよ」

「え……」

「王様はまだ十《とお》だから。王妃様より五つも年下だから。そもそも、子供の場合、男の子の方が女の子よりずっと幼いから。結婚しても、王様は、王妃様のこと、ずっとずっと放っていたんだよね？　結婚したのに、ずっと放っておかれる王妃様が、どんなこと思うか、王様はまったく考えていないんだよね？　だって、まだ王様、十だもん、友達と遊ぶ方がずっと大切で、その方がずっと楽しい」

その方がずっと大切で、ずっと楽しい。確かにそう言われてしまうと、王妃様、心の奥がずきんとして、胸に痛みを感じたのでした。

「あ……確かにわたくし……王様が、わたくしといるよりも、お友達といる方が楽しいって思ってしまったら……胸が、痛いわ」

「うん。それが、〝寂しい〟って感情なの。んで、僕は、サミ。寂しいっていう感情が大好きで、寂しいひとの処に寄り添う、それが、僕」

「……え……」

「王妃様が感じたのが、〝寂しい〟っていう感情で、それのことを、僕は、〝サミ〟って呼んでいる。んでもって、〝サミ〟があるひとの処に近づいていって、そのひとに寄り添う、それが、僕。だから、僕のことは、〝サミ〟って呼んでください」

「え……え……え……」

寂しい。

言われた瞬間、なんだか王妃さまは、腑《ふ》におちた気がしたんです。

……ああ、そうか。

わたくしは、寂しかったのね。

このお城に輿入れしてきたんですもの、わたくし達は夫婦なんですもの、わたくしと王様は、確かに毎日会ってはいる。でも、王様はわたくしに、毎朝微笑んでくださるだけ、この国のみなさまはわたくしのことを優しい目で見ているだけ。母国を出る時に、ばあやとはお別れをした、ばあやはわたくしの嫁ぎ先にまでついてきてくれない（ついてくることができない）、そして、母国からついてきてくれたわたくしの侍女達は遠ざけられた。新たについてくれたこの国出身の侍女達には、まだまったくなじめていない、あちらも、遠慮してか、わたくしが声をかけるまではまるで彫像のように近くで控えているだけ。

ああ、だからわたくし、もう何日も、人から微笑みかけられるだけで、普通の会話っていうものをしていないのね。

何日も、普通の会話をしていない。

そう思ったら、なんだかたまらなくなってしまいました。

ああ、寂しい、寂しい、寂しいっ！

溢《あふ》れ出る感情。

その時、王妃様は、多分、泣いてしまったのだと思います。

「それにね」

なんだか、とっても優しく、サミは言います。

「王妃様だって、まだ、たったの十五なんだよ。王様が子供なのと同じで、王妃様だって充分子供。だから、寂しくったって、泣いたって、どうしていいのか判らなくたって、それはもう、当然」

こう言いながら。サミは、優しく、優しく、王妃様の髪の毛を撫《な》ぜてくれたんです。

これがとっても嬉《うれ》しくって。

うん、そうです。

自分の一番の腹心の友であるばあや、自分のことを養育してくれたばあやを除けば、侍女の中にだって、王妃様の髪を、こういう風に撫ぜてくれたひとはいませんでした。だって、結い上げてくれるひとはいても、優しく撫ぜてくれるひとはいませんでした。

侍女がこれをやってしまったら、それは、〝不敬〟ですもの。ですので。

ここで、また、王妃様は、泣いてしまいました。

泣くと、なんだか、心が軽くなったような気持ちがして……。

☆

このあとは。

サミは、ずっと、王妃様に寄り添ってきました。

王妃様が泣くと、宥《なだ》める。王妃様が悲しむと、慰める。王妃様が哀しい気持ちになると、それを上向くようにしてくれる。

その間、王様は、まったく普通に過ごしていました。いや、王様、まだ子供でしたから、王妃様が寂しがっているだなんて、そもそも思い付いてもいなかったのですね。

不思議なことに、サミの姿は、王妃様のお部屋に出入りする侍女や王様には、まったく見えなかったらしいのです。しかも、サミは、王妃様がいて欲しい時にはいるのに、ついさっきまでそこにいても、王妃様がいて欲しくない時にはまったく姿が見えなくなってしまう、その上、どこで寝ていて、何を食べているのか、まったく判らない。

……サミって……人間じゃ、ないのかも。

王妃様はそう思いましたが、そんなこと、サミに問いただすのもなんだか妙な気がしましたので、そこは、ぐいっと、のみこんで。

サミは勿論《もちろん》、食べないんですが、甘いお菓子とか、庶民の口にはなかなかはいらない高級なお肉とか、サミの年頃の一般の男の子が好みそうなものを用意して、王妃様は、サミと付き合います。

もう、今となっては、サミがいない人生なんて、考えたくもないんです。

「ね、サミ、とてもおいしいケーキをいただいたのよ。あなたも是非、いかが」

「サミ、これは南方のお菓子なの。油で揚げているから、とても腹持ちする処がいいんですって。あ、〝腹持ち〟っていうのはね、これを届けてくれたひとの言った言葉。なんだか、これを食べると結構長いことお腹がすかないっていう意味らしいの。変、よね？　だって、すぐにお腹がすいた方が、次の御馳走《ごちそう》を食べられて嬉しいのにね」

「燻製《くんせい》、って、判るかしらサミ。これは、そういう手法で処理したお肉らしいの。不思議な味がして、おいしいのよ。どうぞあなたも食べてみて？」

そして。やがて。

ついに、サミのことが、王国で問題になったんです。

☆

「うちの王妃様に、どうやらサミが接触しているらしい」

とある日。閣議で。王様が退席したあと。こんな話題が出たんです。

〝サミ〟というのは、どうやら政府高官の間ではよく知られていた存在らしく、ちって舌打ちするひとが、何人か。

「来たのか、サミ」

「いや、私達が把握していなかっただけで、どうやら随分前から、王妃様の処にサミはいたらしいんだ」

「……まあ……来てもしょうがないか。王様、王妃様が嫁いできたあと、ほんっとに長いこと王妃様のことをほったらかしていたもんなあ。さすがに、あれでは、サミが来る」

「ここの処、王妃様、子供が好みそうなお菓子を手を尽くして探しているようなんだ」

「子供が好みそうなお菓子？　王妃様が、手を尽くしてお菓子を探している？　……それは、間違いなくサミだ。あいつは子供みたいに見えるらしいからな」

「これが隣国に知られたら、サミがいることはすぐに露顕してしまう」

「それは、まずい」

「わが国が王妃様をないがしろにしているという印象を、隣国に与えてしまう」

「では、例によって例のごとくの対策を……」

☆

その翌日。いつものように、朝、王妃様に儀礼的な挨拶《あいさつ》をして、そのあと、上流階級の子弟達と遊ぼうと思っていた王様、大臣に引き止められます。

「王様。とんでもないことが判りました。わが国の王妃様に、サミという名の魔物が祟《たた》っております」

「え？　……ま……もの？」

引き止められた時は。今日は友達と五人揃って、誰が的の中心に、一番最初に矢を射かけることができるのか、そんな勝負をするつもりだったので、大臣の台詞《せりふ》を聞き流そうとした王様だったのですが、〝魔物〟という単語が、注意をひきます。

「はい、魔物です。王家のものに、時々とりつくことがある魔物です。王妃様を刺激して、寂しいという気持ちを増幅させる魔物です。この魔物にとりつかれたひとは、どんどん、寂しい気持ちが増していって、ずんずん寂しくなってしまうんです」

あ。

この時、王様、初めて思い至りました。

結婚してから今まで。

自分は、王妃様と、朝、挨拶をするだけ。

いいや、実の処、王様はもっとずっと王妃様とおしゃべりをしたかったのでした。でも、それが、できませんでした。

何故って、王妃様ったら、とっても綺麗《きれい》なお姉さんで、巻き毛がくるくるしていて、王様は、是非、それをいじってみたかったんですが、そんなことしたらきっと王妃様は気を悪くする、そう思うと何も言えない……いえ、そもそも、綺麗なお姉さんの前に出ると、まして、そのひとが自分の妻かと思うと、まだ子供だった王様、怖じ気づいちゃって、何もできなかったんです。だから、挨拶以上のことはできなくって、挨拶しかできないから、自分のことにばっかり集中してしまって……。

でも。考えてみたら、王妃様、腹心のばあやもいない状態で、うちの国に嫁いできた訳で……こんな状況で、自分が王妃様と、挨拶しかしない関係でいたら……王妃様、とても、とっても、寂しかったんじゃないだろうか。

それに思い至った瞬間、王様は、頭が煮えたぎるかと思いました。こんな状態の王妃様にとりつき、祟る、魔物？

自分が王妃様を放っておいたのが悪いんだ、心のどこかに、そんな自覚がありましたから、余計に、煮えたぎる、感情。

そんな王妃様にとりついて、そして王妃様をもっと寂しい気持ちにさせる魔物だなんて……許すまじっ！

ずんずんずんずん。

とにかく王様は歩きます。歩いて、王妃様の部屋へ行って、ノックも何もなしに、ばたんとドアを開けて。

するとそこには。

王妃様と一緒に、なんだか貧相な男の子がひとり、いました。しかも、その貧相な男の子は、王妃様の髪の毛を優しく撫《な》ぜていたんです。

それを見た瞬間、王様、爆発。

「無礼であろう。そちは、何故、ここにいるのだ」

いや、この場合、一番最初に王様がしなきゃいけないことは、〝誰何《すいか》〟ですね。〝おまえは誰だ〟っていうのが正しい質問なんですが、サミがいるって最初っから知っていた王様、それをすっとばかします。

「判っているでしょう」

サミは、こう言って。その瞬間、王妃様はとても驚きました。何故ってサミは、いつだって自在にその姿を消せる筈《はず》で、今、ここにサミの姿があって、サミと王様が会話をしている、それがそもそも〝変〟でしたから。

「王様が、王妃様をとても寂しくさせている、だから、僕はここにいるんだよ」

「余のせいだと言うのか」

「いや、そこまでは言わないけれど。でも、半分くらい、そういう部分もあるんじゃないかなあって、サミは思うよ」

「それは、間違いじゃ」

「なの？　でも、王妃様がとっても寂しいから、だからサミはここに来たんだよ」

「やはり、そちがサミかっ！」

「うん、サミだよ」

ここで。幼いながらも王様、必死の思いで剣を抜きます。そして、サミに切りつけようとして。

「王様！　おやめくださいませっ！」

王妃様が叫んだので、王様の手は一瞬止まります。

「サミは、サミは、悪いことなんて何もしておりません」

「王妃！　そなたはこれがサミだって知っていたのか？」

「あ、はい、最初にそう名乗られましたから。ですが……」

「判っておるのかっ！　サミというのは、王家にとりつく魔物じゃっ！」

「え……」

この言葉は、本当に意外でしたので、王妃様、目をぱちくり。

「王家のものにとりついて、寂しいという思いを増幅させる魔物、それがサミじゃっ！」

「……え……じゃあ、じゃあ、わたくしが寂しいのは……」

「うん、サミのせいだよ」

あっけらかんとサミがこう言ったので、王妃様は本当に驚いてしまいます。

「え、だってサミ、えっとあなたは、寂しいひとに寄り添って……」

「うん、寂しいひとに寄り添って、そのひとを、より寂しい気持ちにさせるのが、サミ。寄り添えば寄り添う程、そのひとが寂しくなってしまうのが、サミ」

「……え……。え、え……え……！」

「許すまじっ！」

王様はこう言いながら、今度こそ思いっきり剣を振り抜いたのですが、その瞬間、サミの姿は消えていました。そこで王様、しばらく、あっちを見、こっちを見、きょろきょろしてから、ようやく。

「王妃。サミに何かされなかったか？」

「あの……王様……本当にサミは、わたくしのことを、寂しくさせていたのですか……？」

「ああ。サミとはそういう魔物だと、余は聞いておる」

ここで王様、王妃様に近づいて。ずっとずっとやりたいと思っていた、王妃様のくるくるの巻き毛に、手を伸ばします。優しく、その巻き毛を撫ぜてあげます。

「……でも……王様……サミは、わたくしが本当に寂しくなった時、わたくしの髪を優しく撫ぜてくれて」

「そんなことは、余がやるっ！」

嚙《か》みつくように王様はこう言うと、優しく、よりは、もうちょっと荒々しく、王妃様の体を抱きしめました。

「そもそも、余ではないものが、王妃に触れるのは不敬じゃっ！」

「あ……それは、そう、ですね、そう、でした」

十歳の王様と十五歳の王妃様。どちらも、うぶなことではどっこいどっこい。

そして、王様は王妃様を抱きしめ、王妃様はそんな王様の背中に手を廻《まわ》して……。

☆

王宮の屋根の上で。

サミが、体を丸めて膝《ひざ》を抱えて座っておりました。

自分の感情を見つめながら。

少し青くて、透き通っていて、見つめるのが怖くて、でも、見つめていると心の奥が痛くなる。そんな感情——寂しさ。

確かにサミは、魔物です。

〝寂しい〟っていう心をもっているひとがいると、必ずやってきて、寂しいひとに寄り添ってしまう魔物。寂しい心が大好きな魔物。でも、サミが寄り添ったひとは、サミが来る前より、ずっとずっと寂しくなってしまうんです。うん、そういう魔物。寂しさが大好きで、そして、寂しさをより増幅させてしまう魔物。

けど、いつだってサミは、ほんとに、心から、寂しいひとを慰めてあげたかったんです。だから、どうしたって寂しいひとに寄り添ってしまう。ですが、サミが寄り添えば寄り添う程、そのひとの寂しさは大きくなってしまう。

だから。いつの間にか、サミと、各国の上流階級の間には、お互いに言葉にはしない、でも存在する、変な互恵関係のようなものができてしまったのですね。うん、例えば、今回のように。

寂しいひとがいる。サミが行く。サミが寄り添う。余計そのひとは寂しくなる。頃合いを見計らって、介入がある。サミは退治される。そんな、ふりをする。場合にもよりますが、それで、サミを呼んだひとの寂しさは、薄れる可能性が高い。

特に。

今回の場合は、王妃様が若かったので、本当に透き通った青の〝寂しさ〟でしたから。十数年を連れ添って、子供もいるような中年の夫婦の間に生まれた、いろいろな色が混じった深く濁った青ではない、長年連れ添って、寿命で連れ合いが亡くなってしまった、老人夫婦の残された方に生じる、諦観《ていかん》の黒が混じった暗い青でもない、本当に透き通った、きれいな青の〝寂しさ〟でしたから。

この〝寂しさ〟は、サミが退治されたふりをすると、解消できる可能性が、かなり、高い。

サミは。ほんとのこと言って、寂しいひとを、より寂しくは、させたくないんです。心から、寂しいひとに寄り添って、そのひとの〝寂しさ〟を軽減してあげたい。でも、サミが行けば行く程、そのひとは寂しくなってしまう、うん、だって、そういう魔物なんですもの、サミ。

また。上流階級の間では――特に、王家では、サミがやってきてしまう確率が、他のどこよりも高かったんです。まあその……普通の庶民は、サミに寄り添ったり寄り添われたり、そんなことする前に、まず、〝生きてゆかなきゃ〟いけないですからね。はっきり、きっぱり、〝寂しさ〟なんかにひたっているゆとりがないのが、普通の人々。

だから、サミが現れるのは、昨今、各国の王家が主だって話になり……そして、こんな、互恵関係ができてしまった訳なのですが。

ですが。

サミの、〝気持ち〟は、また、別ものです。

まあ、今回の場合。王様も王妃様も、とってもとっても稚かったから。だから話はとっても単純になったのですが……サミを退治したと思った王様と王妃様は、このあとずっと仲良くなるでしょう。そして、王妃様の〝寂しさ〟は、解消される筈《はず》なんです。

けれど、サミの、寂しさは。


「青くって、透き通っていて、見るのが嫌で、怖くて、でも、見ずにはいられない。そして、見たら、胸の奥が痛くなるんだ」

うん、これが〝寂しさ〟だっていうことを、サミはよく知っています。おそらくは、この世の誰よりも、よく、知っています。

その感情が、あんまり切なくて、あんまり辛《つら》くて、あんまり可哀想で。だから、サミはそういうひとに必ず寄り添うんですが……ですが。

サミ自身の寂しさがなくなること……いつか、こんなサミに寄り添ってくれるひとが現れること……それだけは、多分、永遠に、ないんです……。

神様、それはどうなんだろう

……どうしたことだ。これは一体どうしたことなんだ。
あたし、呆然《ぼうぜん》。
何故ならば……あうう、トマトの缶詰が、開かない、ん、だ、よおー。

☆

ことの起こりはとても単純な話であって……あたし、夕飯にパスタを作ろうと思ったのだ。

んで、まず、にんにくをみじん切りにして、それをオリーブオイルで炒《いた》めて、そこに、トマト缶を投入しようと思ったのね。(ホールトマトの缶詰は、かなり水分があるんで、これを煮詰めた処に、アンチョビペースト投入、最後にうちのプランターで育てているバジルの葉を、何枚かちぎってきて入れれば、これだけで立派なパスタソースになる筈だった。)

ところが。

にんにくのみじん切りまでは、何の問題もなかった、オリーブオイルでにんにく炒める処までは、オールオーケー。

うん。ちょっと炒めていると、結構いい香りがたってきた。おいしそうだな。んで、ここで、ホールトマトの缶詰を開けて、中身を投入……って思ったら。

何故か、ホールトマトの缶詰が、開かなかったのだ。

うんしょ、どっこらしょ、思いっきり力を込めて……でも……開かない。角度を変えて何回もトライしてみたんだけれど、やっぱり、開かない。

開かないって……開かないって……いや、これ、パッカン、でしょ？

缶切り不要の、ぱっかんって、簡単に開く筈の奴、だよね？　それこそ、本当に簡単に、子供でも開けられるような奴、だよね？

それが、開かない。何故か、開かない。でも、ここで、トマトの缶が開いてくれないと、多分、今、炒めているにんにくが、焦げるうっ。

にんにくが焦げるのはまずい、それでは絶対にこのソース、おいしくなくなってしまう、それは断固として避けなければいけない事態だ。

そう思ったあたし、しょうがない、非常手段をとる。

パッカンの、輪になっている、指をかけてぱっかんって開ける部分に、お菜箸《さいばし》二本突っ込んで。梃子《てこ》の原理で、パッカンを、無理矢理こじ開ける。

……ぱっかん。

このあたしの無理矢理作戦が功を奏して、トマトの缶詰は、何とか、開いてくれる。

(……同時に……お菜箸が……折れた。ああ、なんてことだ。いや、まあ、これ、しょうがないか？　パッカンって、こういう開け方をするものじゃないよねえ。お菜箸の、変な処に、変な力がかかってしまったんだな、きっと。)

これであたしは、お料理を続けることができる。

けど、あのっ！

☆

何故、パッカンが、開かなかったのか。

ソース作り終えてしばらくした頃、旦那《だんな》が帰ってきて、改めてパスタを茹《ゆ》で、二人で夕飯を食べ終え、ベッドに入ったあと。

あたしは、そのまま素直に眠ることもできず、ひたすら、この問題を、心の中で追及していたのだ。

いや、だって、パッカン。

これが開けられないだなんて、これが開かないだなんて、それは一体何なの。

ま、あたしが開けようとしたパッカンは、日本の缶詰じゃ、なかった。安売りスーパーで山積みになっていた、輸入ものだったから……んーと、日本じゃない処にお住まいの方は、日本人より腕力があるのが普通で、だから、この程度のパッカンでも、楽に開けられるのかなあ?

あるいは……輸入の間に、なんかあって(んと……錆《さ》びる、とか。いや、そんな感じは全然なかったんだけれど……その……それでもやっぱり、目に見えないどこかが、錆びてた、とか)、この缶詰の蓋《ふた》が、きつくなってしまった。(……いや……錆びたからって、きつくなるもんなんだろうか、パッカンの蓋。どう考えても、錆びた方が強度、弱くなるような気がするな……。)

「……ふうう」

一回。ため息をつくと、あたしは、そんな〝希望的観測〟を、あっちの方へやってしまう。

いいや、パッカンが開けられなかった理由。判っています。そりゃ、とてもよく、判っています。ただ、認めたくなかっただけ、なんだよね。

はい。あたしの握力が、衰えてきたからだ。

ここの処、あたしの親も旦那の親も、徐々に介護が必要な状態になってきつつあるので、最近のあたしは、介護関係の本を結構読んでいる。それで知ったんだけれど…

…お年寄りの中には、パッカンは勿論《もちろん》、ペットボトルの蓋が開けられない、とか、缶飲料が開けられずに飲めない、とか、そんな方がいらっしゃるみたいなんだよね。(いや、信じられないでしょう、缶コーヒーが開けられない、だなんて。でも、これは本当のことなんだ。)

これは勿論、老齢による握力低下のせい。

でもっ。でも、〝老齢による握力低下〟って、あたしは、まだ、四十一だよ。この年で、〝老齢による握力低下〟はないだろう。大体、昨日までは、普通にパッカン、開けていたんだし。

とはいうものの。

大体、お年を召した方は、みなさん、仰るんだよね。

「昨日まではそれができていたのに」

なのに、それが、できなくなるのが、〝老化〟の恐ろしさ。

と、いうことは。

やっぱりあたし、自分の老化を考えなきゃいけないんじゃないかなって思う。

ええん、泣いちゃおうかな、あたし、まだ、四十一なのに。まだ、絶対にそんな年ではない筈なのにー。

いや、こんなこと思って、油断しているのが、実は、一番、危ないのかも知れない。

それに。

自分の〝老化〟ってものを意識した瞬間、実はとても怖くなってきたのだ。

いや、今、〝最近介護関係の本を結構読んでいる〟って言ったでしょ、もともと凝り性だったあたし、この一年で二十冊くらい、そういう関係の本を読んでいて……すっごく怖くなったのが、認知症。確かに最近、物忘れすることがあるしなあ、いや、常識では、「別に若くったって何だって、物忘れくらい普通する」って思っているんだけれど、介護関係の書籍を二十冊も読めば、そりゃ、認知症、すっごく怖くなりますって。

ま、握力低下と認知症には何の関係もないんだけれど、これは、どっちも、〝老化〟に直結している気がする。

そう思うと、とっても怖い。

とっても怖かったので……。

☆

翌日から。あたし、自分に運動を課した。

手をまっすぐに伸ばして、『むすんでひらいて』やってる感じで、手をにぎにぎにぎ。これを左右、五十回でワンセット。ま、会社にいる時や、家で家事やってる時なんかにこれはできないから、主に、歩いている時中心に。(……ただ……こんなの、楽勝だと思っていたのに……やりはじめたら、五十回が、きついの何の。三十回を越える前から、もう、まるで幼稚園児のお遊戯のように、ゆっくりゆっくり繰り返して……それでも、終わったら、手が棒になったよう。)

で、あたしがこんなことをやっているって、すぐに旦那にばれ、そうしたら、旦那が、百円ショップで、ハンドグリップって奴を買ってきてくれたのだ。一キログラムの強度の、とにかく握る運動をする奴。にぎにぎ、にぎにぎ、にぎにぎ、にぎにぎ。

という訳で、ここ最近のあたしは、家でTVを見たりお風呂《ふろ》に入ったりしている時、ひたすらこのハンドグリップをにぎにぎしていたのだ。

うん、あたしの傍らには、常に、ハンドグリップ。別に大切にしている訳じゃないんだけれど、習慣で。

にぎにぎにぎにぎにぎにぎにぎ。

老化って言葉と、握力の低下が、あたしの中では、イコールで結ばれているもんだから(そして、更にあたしの心の深層では、老化と認知症が、何故かこれまたイコールで結ばれているもので)、〝老化〟が怖いあたし、とにかくにぎにぎ。ひたすらにぎにぎ。

握力さえ低下しなければ、老化もどっか遠くへ行ってくれるかなあって、老化がどっか遠くへ行ってくれさえすれば、認知症はもっとずっと遠い山の彼方《かなた》に行ってくれるよなって思って、も、信仰のように、にぎにぎにぎにぎ。

この状態を他人様《ひとさま》が見たら。

うん、あたし、別にハンドグリップ、好きな訳でも何でもないんだけれど、ハンドグリップ・マイ・ラブみたいな感じになっちゃうのかなあ。そんなことを思うくらい、あたしはずっと、ハンドグリップと一緒にいた。

いや、だって。

パッカンが開かないって、こりゃ、相当な事態じゃない、考えたくないんだけれど、あたしの握力は、もう、どのくらい、衰えているんだか。

だから、頑張って、にぎにぎにぎにぎ。

一所懸命、にぎにぎにぎにぎ。

ひたすらに、にぎにぎにぎにぎ。

朝も。

昼も。

夜も。

お互い、仕事が忙しい時期だったから、旦那と会話をしない日は、週に何回か、あった。

でも、ハンドグリップ握らない日は、週に一回だって、ない。いや、下手したら、一日五、六回、ハンドグリップ、にぎにぎしている。

も、殆《ほとん》ど。

ハンドグリップ熱愛状態。

そんな感じに、あたしは、なってしまって……。


そうしたら。ある日。

会社から家に帰ってきて、大体の家事を済ませて、あとは旦那《だんな》が帰宅したら夕飯だよなー、そんな気分で、ソファに座って、ぱらぱらっと雑誌をめくって、こんな時のいつもの友、ハンドグリップをにぎにぎしようと思ったら。

あら、不思議なことに、リビングのテーブルの上に置いてあった筈《はず》の、ハンドグリップが、見当たらない。

どこに置いたのかなってきょときょとしていたら、ふいに。

ふいに、ふいに、テーブルの上に、女のひとの姿が現れたので……え？　ええええ？

え、あの？

☆

ひとん家《ち》のテーブルの上に。何故か現れた女のひとは、とても美しくて、なんか神々しくて……うーん、神様、とか、女神様、とか、そういう雰囲気のひとだった。

(いや、多分、ひとじゃないとは思うんだけれど。というか、人間は、ひとん家のテーブルの上に、いきなり現れたりしませんよね、普通。って、あたしが、あんまり驚いておらず、妙に理性的にこの事態に対処できているように見えるのは……あたしが、あまりにも、あんまりにも、驚きすぎてしまったせいだ。うん、あんまり驚くと、最《も》早人間《はや》、驚けなくなるんだよねえ。不思議と、冷静に見える行動をとってしまうんだな、これが。)

「あなたが落としたハンドグリップは」

こう言いながら、この……ひと、なのかなあ、女神様、なのかなあ、妖精《ようせい》さんなのかなあ、は。いくつかのハンドグリップを、あたしに見せてくれる。

「この、金のハンドグリップでしたか、それとも、こちらの銀のハンドグリップでしたか、あるいは、この、銅のハンドグリップでしたか?」

あ。この手の話は……なんか、聞いたことがある。

でも、あたしが聞いたことがある話と、現状には、とっても違う処がある。

あのね、まず、ここは、泉でも池でもありません。ここは、うちのリビングの……その、テーブルの上、です。

それにあたし、ハンドグリップ、どこにも落としておりません。

それに、金や銀のハンドグリップって、何なんだよー。ハンドグリップが全体的に金になってしまったら、それ、最早ハンドグリップにならないのでは？　そういうハンドグリップは、たとえ形状がハンドグリップであったとしても、いくら、金が、金属にしては軟らかくて曲がりやすい材質であったとしても、にぎにぎして、握力を上昇させる運動には、絶対に適さないとあたしは思う。うん、全部が金でできていたのなら、それをにぎにぎして、曲げたり伸ばしたりして、握力の向上をはかることができるのは……多分、人間ではない、もっとずっと力がある、別の、〝何か〟だ。

だから。

しょうがない、あたしは、言う。

「あの、違います。あなたが提示したハンドグリップは、金も、銀も、銅も、あたしが落としたものではないですし……そもそも、あの、あたし、ハンドグリップ、落としていないと思いますし……大体がですねえ、えっとあの……落とすって……どこに？」

いや、だってここ、うちのリビングのテーブル。泉や池がある訳じゃないんだから、落とそうがないよなあ。(テーブルの上から落としたら、床に転がっていると思うのハンドグリップ。)

あたしがこう言うと。

いきなり、世界に、光が射したのだ。ぱあっと。

そして。

「正直者に幸いあれ」

いきなりあたりが明るくなっちゃって、あの、これは、一体、何?

「金のハンドグリップにも、銀のハンドグリップにも、銅のハンドグリップにも誘惑されなかった、そなたに、幸いあれ」

……って? あの?

「そなたの願いは、叶《かな》うであろう」

って……あたしの願いって、何、なの?

ここで、いきなり、あたしの意識は、途切れてしまったのだ。


どこか、よその世界で。地球人類を管理している、とある生き物がいる世界で。

ふいに、誰かが、言う。

「あのさあ。こんな、手間隙《ひま》かかる策略が、本当に必要だった訳?」

ここで問題になっているのは、この生き物が管理している、〝人間〟という生物の、その一個人の、握力。

ちょっと前。数値の入力がいささか間違っていた為、この生き物が管理している世界で、とある人間の握力が、いきなり低い数値になってしまったことがあったのだ。それは、ま、普通に考えれば放っておけばいいものだったのだが……ここを管理している生き物は、少なくとも、それを実際に管理しているとある生き物は、それ、放っておいてはいけないと思ってしまった。

そこで。

それを何とかする為の策略が、いろいろ考えられており……それが、発動した。でも、それが、結構不評で。

「いや、だってあのね、問題が大きかったら、そりゃ、私だって全体委員会にかけるとか、普通の手段を考えた。でも、あんまりにも問題が小さすぎたから、逆に、そういうことがしにくくって……」

「だからって、地球人類のフォークロアまで検索して、まるで昔話にでてきた女神様のふりをしてまで、やるようなことか、これ。普通に、その個体のことを無視すればいいだけだったんじゃないのか？」

「だって……」

非常に拗《す》ねている、その生き物の気配。

「あまりにも、ミスの種類が、種類だから。何か事情があって、いろんな関連があって、それで入力を間違えましたっていうんならともかく……単純ミスで、桁《けた》、ひとつ間違えましたっていうのは……握力の数値、それを、単純に一桁間違って小さくしてしまいましたっていうのは……あまりにも、あまりにも恥ずかしくて、言いにくい」

「だからって、なあ」

「これでも一応、惑星管理における数値設定のベテランだって、言われてるんだよ私」

「いや、そりゃ、よく、知ってます」

「こんな私が……他のミスならともかく……単純に、桁、ひとつ、間違えました、だなんて、絶対に他人に言えない……」

「いや、そりゃ確かにそうなんだろうけれど……」

ま、とはいえ。

これで、不利益を被るひとは、多分誰もいないんだから。

ため息ひとつで、この問題は、不問にされる。

「あ、それから。私がミスして、桁をひとつ間違えた対象人間、桁を正しくしただけじゃなくて、私からサービスひとつ、しておいたから」

それもまた、どうかと思うんだが……ま……地球人類の話なんて、どうでもいっかー。


ふっと気がついたあたしは、ほおっとため息。

いや、今、なんだか意識が途切れたような気がしたんだけれど……なんか、具体的なことは、もうよく覚えていない。えっとー、あたしは確か、雑誌を読む時ハンドグリップにぎにぎしようと思って、それを手にとろうとしていた訳で……。

んで、ハンドグリップ握って、にぎにぎにぎにぎ……えと？

はい？

何でだろう、ハンドグリップが……今、とても軽い感じがしている。

あららら。

にぎにぎ、やってみたら、本当に軽いわ、このハンドグリップ。

思いついて、ハンドグリップをその辺に置き、まっすぐ伸ばした手で、むすんでひらいてって感じで、にぎにぎやってみる。おおおっ。確かに後半辛《つら》くなっちゃったけれど、百回は、いけるわ。

ああ、ハンドグリップのおかげで。あたしに握力がついてくれたのかな。それもいきなり、なんだか凄《すご》い勢いで握力がついてくれたような気がする。

うわっはあ、いちお、この運動には意味があったんだ。

筋力って、こんなにいきなりつくものなのかなって疑問はあるんだけれど、いや、握力低下に気がついた時だっていきなりだったんだ、こんなことも、ありなんでしょう。

うわっ、なんだか、とっても、嬉《うれ》しい。

全然違うって、頭では判っているんだけれど、握力が戻ってきてくれると、〝老化〟が遠くへ行っちゃって、〝認知症〟は山の彼方《かなた》に行ってしまったような気が、ちょっと、しないでもない。

えへへへへ。

嬉しいから。

次は、二・五キロのハンドグリップ、買おうかなあ。

百二十年に一度のお祭り

もうすぐ。百二十年に一度の、お祭りがある。

冬。

あたりが冷え込んで、なんだか自分の体まで小さく縮こまって感じられる頃、雪なんてものが私を彩りはじめたそんな時期、私達の部族に伝わる、こんな話が聞こえてきて……これが、私の心を震わせなかった訳がない。

だって、百二十年に一度のお祭り。

私達は、普通、百二十年も生きないから（いや、個別にとても長生きをする個体はいる。けれど、普通私達は、もうちょっと早くに枯れるか、あるいは、動物のみなさまに食べられてしまったり、気象状況によりなぎ倒されてしまったり、ひとという生き物が近くにいる場合は、伐採されてしまったりして、そんなに長く生きる個体は、まず、滅多に、いない）……おそらくは、大抵の〝竹〟が、参加することができないお祭り。それに、私は、参加できる。お祭りの時期に、ちょうど〝生きているから〟、だから参加できる。

なんて幸運。なんて幸せ。なんて素晴らしい巡り合わせ。

そう思ったことは、否定しない。

でも、同時に、もうひとつ、思ってしまったこともある。

お祭りの話を聞いた時から、言われなくても判っていた。

このお祭りに参加してしまったら。

そうしたら、このお祭りが終わった時、私は、死ぬのだ。枯れるのだ。それは、お祭りの開催と同時に、すでに決まっていること。

そして、お祭りが開催される以上、私には、それに参加しない、という、選択肢は、ない。つまり、お祭りがある以上、私の命は、お祭りで終わり。

私は……まだ、生まれて三年の竹だから。〝自分として生えて〟、まだ、三年にしかならない竹だから。十年、二十年、生きている仲間がいるんだもの、生まれて三年で、もう、今年中に〝死んでしまう〟ことが確定しているのは……ちょっと……あの……辛い、かな。

辛い……寂しい、かな。

マダケ、というのは、とても変な植物だ。

彼らは、種子ができて、それが地に落ち、そして発芽する、というかたちでは、普通、増えない。

筍《たけのこ》、というものの存在を、よく考えてみれば判る。

あれは、竹の地下茎から分岐して、そして生えてくるものなのだ。

つまり。基本的に、筍は、そして、筍が生長してできる、新たな竹は、ある意味クローンなのだ。同一人物ならぬ、同一竹物が増えている……そういうものなのである。

青々とした竹林。

あれは、親の竹があって、そして子供達、孫達、曾孫《ひまご》達、ヤシャゴ達が繋っているのではない、地下茎で繁殖している、いわば、みなさん、結構おんなじ竹だったりするんである。

ま、勿論《もちろん》、たった一本の竹が、竹林を構成している訳ではない。けど、基本的に、いくつもの竹達が、まとめて〝同じ竹物〟として繁殖している、〝同一竹物があっちにもこっちにもいる〟、そういうものが、竹林なんである。

仲間の中には、お祭りの話を聞いて、心から感動に打ち震えているものもいた。

もう、十年も二十年も、生きている連中。

私を筍として生やしてくれた、私のもとになった竹なんかは、もう、筍を十何本も〝竹〟にしているんだ、心の底から嬉しそうに、こんなことを言っていた。

「祭りじゃ。祭りがくる」

私は、まだ、筍を一本しか生やしていない。

「伝説で、祭りのことは知っていた。うちの部族の場合、百二十年に一度、祭りがくるという話は聞いていた。けれど……まさか自分が、その祭りに参加できるだなんて」

百二十年に一度……この感覚は、私には、まだ、よく判らない。

んと……春が、百二十回、くるっていうことか。

まだ、ほんの三回しか〝春〟を経験していない私、百二十回もくる春というのが、感覚的にまったくよく判らなかったし……それに。

私は……まだ、素直には、このお祭りについて、納得できていない。だから、この意見に、まるっと賛成はできない。

特に、去年私から生えた筍、その筍が生長して、やっと一人前の竹らしくなったばっかりだってことを思えば……あの子は、このお祭りのことを納得しているんだろうか？　あの子、まだ〝竹〟になったばかりで、自分で筍を生やしたこともないのに…

…それでも、お祭りがきたら、それで、おしまい。も、絶対に、お祭りに参加しなきゃいけなくなる訳で、ということは、〝花を咲かせなければ〟いけなくなる訳で……こうなると、もう、自分の筍を作ることはできない。それで、いいのか？　納得できているのか？

いや。

納得、していようが、いまいが。

それでも、きてしまうのが、お祭りだ。

……ああ。

感覚として、判る。

もう、私、今年は筍を作れない。

春になっても。

地下茎が発芽する感じにまったくなれないのだ。

そのかわり、なんか、上の方がむずむずして……むずむずして……。

　マダケは、とても長い時間をおいて、定期的に、開花すると言われている。

　しかも、〝一斉開花〟ということを、やってしまう植物でもあるのだ。

（とても広範囲にある、マダケ達が、何故か、一斉に開花してしまうのね。)

ところが。

ここでとても不思議なのは、こんだけ特殊で、こんだけ手間をかけて稔《みの》るマダケの実は、非常に後世に子孫を残しにくいもの、らしいのだ。あからさまに言っちゃうと、種はできても、発芽、しないの。(稔性《ねんせい》が、極めて低い。)

何やってるんだ、マダケ！

とても長期間に一回、花を咲かせて、いや、それだけしか花を咲かせる機会がなくて、それでやっと花を咲かせて、繁殖して……その、稔性がとても低かったら、あんた達、存続できないでしょうがっ！

でも、実際に、マダケは、非常に長い期間をおいて、定期的に開花、そして、その実は、殆《ほとん》ど発芽できない。


春を過ぎると。

ああ、もう、体が、駄目だ。

私の意志なんかどっかへいってしまって……体自体が、もう、駄目だ。

本能が……花を咲かせろって、言っている。

私の体は、その本能につき従う。いや、それしか、できない。

祭りが……くる。

☆

そこからしばらくは、もう、狂乱の日々だった。花が咲いていた。

いつの間にか私には、花ができていた。花が咲いていていた。

すべての景色は極彩色。（あ、植物には視覚がないって思っている動物のみなさま、結構いるみたいなんだけれどね、それは間違いよ。光の波長で見る〝視覚〟こそないんだけれど、確かに〝目〟っていう、視覚に特化した器官はないんだけれど、それでも、植物にはそれを補ってあまりある感覚感知能力があるんだから。そもそも動物が見ることができない、紫外線も赤外線も重力も、すべて〝見て〟しまうのが、すべて認識してしまうのが、私達植物だ。あ、だから、ここで言う〝極彩色〟も、視覚を持っている動物のみなさんとは多分違う感覚だからね、念の為。）

おひさまが、あったかい。いや、熱い。去年と同じ夏の日差しなんだろうけれど、私の体感では、これはとても、暑い。熱い。

体が、もう、燃えそうだ。

自分に、花ができたのが判る。

竹の花って、それはそれは美しいのだそうだ。一部の動物のみなさまには、〝禍々《まがまが》しい程美しい〟って言われているのだそうだ。

いや、本当に美しいのかどうかは判らないのよ、百二十年に一度しか咲かない花だから、〝美しいに決まってる〟って、動物のみなさまが思っているだけのことなのかも知れない。

でも、私は、思う。

私が、咲かせた花は、きっと、美しい。

だって、こんなに、体の中が、狂っているかのように、その〝花〟にすべてを捧《ささ》げているんだもの。

今の私は、〝この花を咲かせる為だけに〟この世に存在している、そんなものに成り果てている。

そして、思った。

ああ、だから。

これが、〝祭り〟だ。

これこそが、〝祭り〟の本質だ。

百二十年に一度、竹が、その存在のすべてをふりしぼって咲かせる花、これが、〝祭り〟だ。

でも。とはいえ。

花が咲くまでは、咲いてしばらくは、狂おしい程いろいろなことを考えていた私の意識は……実がなった頃、途絶えがちになったのだ。

そして。

時間がたつ。

……ああ。

枯れる、のかな、私。

うん。

お祭りが終わったら……そうしたら、枯れるのが、私達の宿命。

　開花すると、そののち、その竹は枯れる。

　開花した竹が全面的に枯れるとすると、一斉開花をしてしまったマダケは、ほぼ、全滅状態になる。その竹林、全滅である。

　だが。

　これは、マダケの絶滅では、ない。

この時、まだ、地下茎は死滅してはいない。

地表に生えていた竹林が全滅したあとも、一年以上、地下茎は存在し続けている。

そして、その地下茎は、翌年、とてもちっちゃな笹のようなものを、地上に出す。（この、地下茎により地上に出てきたものを、〝回復笹〟と呼ぶ。）

この〝笹〟により、命を繋《つな》いだ竹は、時間がたつにつれ、やがて、小さな竹になり、そのうち、十年くらいをかけて、竹林は再生する。

そうだ。

つまり、花が咲いたあと、竹林は全滅し、かといって、花に稔った〝実〟によって、竹林が再生する訳ではない。

昔ながらの〝地下茎戦略〟で、でも、いつもの〝筍《たけのこ》戦略〟とは違う、〝笹戦略〟でもって、やっと、一回全滅してしまった竹林は、再生を果たすのだ。

だが、それには、時間がかかる。

これを知った人間は、ほぼ、全員が言うだろう。

「おい、竹！　あんた、何がやりたくてこんなことをしている？」

お祭りが終わって、枯れる時。

私は、思った。

もう、無茶苦茶、自分ではどうしようもできなかった。

荒れ狂う本能のみに任せて、自分の意思はまったくなかった。

嬉《うれ》しくて、驚きで、極彩色で、何やってんだか自分でも判らなくって、本能に翻弄《ほんろう》されるままで、ホルモンが体中荒れ狂っていて、理性はどっかにいっちゃって……でも。

でも、楽しかった。


ずっと、生きて。生き続けて。同じ春を何回も迎えるのより。

あまりにも長く生き続けて、いつの間にか生の意味がよく判らなくなるのより。

〝お祭り〟があって、無理矢理〝生〟の意味を実感させられる、この〝生き方〟は、よかったのかなって。

多分、私は、これで死ぬんだろうけれど。

お祭りがあってくれて、よかったのかなって。


エジプトのファラオの墓から、植物の種が発見されたことがあったという。

そして、その種は、現代で、無事に、発芽した。

これは、何故か。

植物には、動物にはない能力があるからだ。

その能力を、〝休眠〟という。

植物の種は、すでに受精した、動物で言えば卵の状態で、何年も、何十年も何千年もの時間を超えることができる。

この、植物の能力は……〝時を超える船〟だと、思えない訳ではない。


現代では、まったく意味がない竹の種。

稔性《ねんせい》が低くて、発芽能力を持ったものを長期保存することができない、(つまり、ファラオの墓から見つかった種のように、長期保存することができない)、竹の種。


でも。

もし、これが。

まったく、事情が違う、〝時を超える船〟だとしたら。

何百年か、何千年か判らない、未来。

地球の地軸が変わってしまったり、地球を取り囲む電磁波状況が変わってしまったり、太陽コロナがまったく違う影響を地球に及ぼしてしまったりした時。

今とはまったく違う世界になってしまった未来の地球で。

その時。


竹は、種子によって繁殖できる生き物になるかも知れないのだ。

今でこそ、竹の種子の稔性は低いのだが、地球環境が変われば、それは、あるいは、〝まさにそれしかない〟発芽できる種になっている可能性がある。


その時。竹の種子は……発芽する。

時を超える船に乗って。

その時、竹は、新たな様相を迎えることになるのかも知れない。

それは、あるいは、とても美しいものになるのかも……知れない。

百二十年に一度だけ咲く、竹の花が、とても美しいと思われているように。

第3章　されど、愛しい人間くん

よろしく頼むわ

俺の同居人は、時々俺に話しかける。ま、大体が、羨望《せんぼう》の言葉だ。

「おまえはいいよなー、メシは俺がやってるし、会社行かなくていいし、気楽だし」

こーゆー処が、こいつ、本当に駄目なんだと思う。俺は世俗的な言い方をすると、同居人の飼い猫だってことになっていて、そんな、自分の飼い猫を本気で羨《うらや》ましがっていて、どーするんだよおまえ。

ま、けど、こいつ、ひとがいいことだけは折り紙つきだ。もともと俺は、この同居人と同棲《どうせい》していたマコちゃんの飼い猫で（だから、同居人には敬称つけないけど、マコちゃんには敬称つけて〝マコちゃん〟って呼んでるぞ俺）、不甲斐《ふがい》ない同居人に愛想を尽かしてマコちゃんが出ていったあとも、残された俺に律儀にメシをくれ、トイレの掃除をしてくれるあたり、ひと、だけはいいんだよな。（マコちゃんの引っ越し先は、ペット不可の物件だったので、こんなことになった。）

で、俺が一番情けないよなーって思うのは、こいつがTVって奴を見ている時だ。

まあ、もう、羨望の言葉のオンパレード。

「うわあ、あんなメシ、喰《く》いたいっ」

「あんな家に住んでみたいよなー」

「うおお、ニューカレドニアっ！　きれーだなー、きれーだなー、行ってみたいなー」

んなこと言ってる暇があったら、喰えよ、住めよ、行けよ。猫の俺と違って、おまえは人間なんだから、そーゆーの、やろうと思えばできるんだろ？　なら、やれ。んで、とどめは。

「ああ、俺、いっそTVの中にはいっちまいたいなあ」

莫迦《ばか》か、おまえは。んなこと言っているだけだから、マコちゃんに捨てられちまったんだよ。

それに大体、知らないのか？　TVの中なんて、行こうと思ったら簡単に行けるんだぜ？

☆

俺が最初にそれに気がついたのは、同居人が見もしないTVをつけっぱなしで、お風呂《ふろ》にはいっていた時だった。（マコちゃんがいなくなってから、同居人、家にいる間中、ずっとTVをつけっぱなしにしているのだ。ま、寂しいのかも知らんけど、こーゆー処がマコちゃんに愛想尽かされた原因のような気もする。)

TVの画面の中には、もの凄《すご》い美猫《びじん》さんがいて、その美猫さんが、「にゃーおー、うにゃにゃ(こんにちは、あなたのことをお待ちしてますわね)」なんて、言ったのだ。

うおお、美猫さん。俺は同居人と違うからな、こんな美猫さん見たら、まして、〝お待ちしてますわね〟なんて言われたら、そりゃもう突撃しかあるまい。

んで、俺は、TVって箱に突撃してみた。したら、するって、中にはいることができちゃったんだよな。

同居人。莫迦だよなあ、TV見ながらひたすら羨ましがってる暇があるなら、一回突撃してみりゃよかったのに。したら、するんって中にはいれること、すぐに判った筈《はず》なのに。みんな、TVの中にははいれないっていう、妙な常識に縛られているから、〝行きたいなら行ってみればいい〟っていう、単純な事実に気がつかないんだな。

ま、でも、突撃結果は、あんまり芳しくはなかった。

いきなり現れた俺に驚いたのか、美猫さんは、「にゃっ!(きゃああ、何、何?)」なんて言いながら、TV画面には映っていなかった人間の陰に隠れてしまい、俺の方はと言えば、「何? 何だっていきなり、猫が現れたんだ?」って混乱しきりの人間に、いきなり摑《つか》みかかられそうになってしまった。美猫さんには、「にゃにゃ! にゃあ!(何、あなた、幽霊なの? 何、嫌!)」なんて、全力で拒否されてしまったし。

ここで人間にとっ摑まるのはまったく本意ではなかったので、俺が振り向くと。俺がはいってきたＴＶの枠が、四角くそこに浮いていたので、俺、慌ててそこに再び飛び込む。

んで、自分の家に帰ってきた。

なんだよお、あの、美猫さん。「お待ちしてますわね」なんて笑いかけてた癖に、あの反応はないだろう？

なんて、ちょっとの間は、俺、憤慨していたんだけれど……けど、落ち着いて考えてみたら、これは、とんでもない〝玩具《おもちゃ》〟だ。

☆

次の日から、俺は同居人の目を掠《かす》めて、ひたすらＴＶに突撃をやってみた。（同居人の目を掠めたのは、俺が発見したこんなに面白い玩具、他の奴に知られたくなかったから。俺だけが楽しみたかったから。）

で、何回か突撃やってみて……ん──……実は、これ、あんまり楽しくないな──ってことが、判った。

すっごく雄大な景色。広がる森。うわあ、こんな処に行けたら素敵だろうな──ってＴＶに突撃してみたら、そこはとっても寒くって、も、俺、数分だってそこにいたくなかった、とか。

多分俺の近縁だろうと思われる猫科の動物が暮らしているコロニー、そこを訪ねてみたら、いきなりその猫科の奴らに襲われそうになった、とか。

「これがこの界隈《かいわい》で有名な、宝くじを当ててくれる猫ちゃんです」なんて言葉と一緒に、その辺にいそうな普通の猫が映ったので、ついついそこに行ってみたら、その猫と会話する暇なんてありゃしない、「この猫！　どっから現れた！」って叫ぶ人間達に、ひたすら襲われそうになったり、とか。

いや、まあ。同居人を褒めるのは俺の本意ではないんだが。

確かに。TVって箱は、外から眺めているのがいい箱なのかも知れないなあ。実際に中にはいっちまうと、ま、ろくなことがねー箱なんだよな。

あ、ただ。

一回だけ楽しかったのは、囲碁とかいう奴をTVの箱の中でやってる処にはいって行った時。

いや、同居人はね、どうやら囲碁ってものをやるらしくて、時々、碁盤ってものの上に、黒い石と白い石を並べていたんだ。で、それが面白くって、俺が、ちょいちょいちょいって、並べられている石にちょっかいを出すと、いきなり怒るんだよね。こいつは、マコちゃんに捨てられたような情けない奴なんだけれど、この時だけは、何か本気で怒っていたよな。

だから、俺は、この黒い石と白い石をちょいちょいするのを自粛していた。けど…

…サイズといい何といい、ほんっとに、猫が〝ちょいちょい〟したくなる奴なんだよなあ、これ。

で、その時のTVの中には。

こんな石を、御大層な感じで並べ続けている、それだけの番組が、あったのだ。

で、一回、はいってみた。

石をちょいちょいしようとした。

けど、その瞬間、なんか凄い勢いで、俺を捕まえようとする奴がきたもんで、俺は、〝ちょいちょい〟じゃなくて、そこにあった石、それを全部、蹴散《けち》らして逃げた。

碁盤の上の石、それを全部蹴散らして、振り返って、自分が来た方を見る。そこにあった、四角いそこに浮いている枠。そこに対して、慌てて身を投げて……。

☆

それからしばらくして。

「今、ネットで猫の幽霊が話題になってるんだってよ」

同居人が、こんなことを言った時、俺は笑ってしまった。

「TVの○○杯って囲碁番組で、碁を打っている瞬間、どこからともなく猫が現れて、碁盤の石を全部蹴散らしたって話があったんだよね」

ああ、そりゃ、俺だ。

「けど、これがおかしくってさ。その番組の収録は、もう随分前だったから、その対局の結果は判っていた訳。勿論《もちろん》、公式戦でそんな猫の乱入はなかった。けど、TVでそれを流した時、いきなり猫が乱入してきちゃって、対局者二人がわたわたしている映像がしばらく流れちゃったっていう……。これは放送事故ってことで、その番組、中断されちまったんだけれど、これ、録画してたひとがいてさあ。現実の過去ではなかったことが、何故か録画の中にはあるっていうんで、すっげえ話題。いや、だって、あり得ねーだろ？　過去、対局はちゃんと済んでいた筈なのに、その番組が流れた瞬間、どっかから猫が乱入してきて、対局者がわたわたするだなんて」

……まずかったのかなあ、あれ。

「したら、あっちこっちから似たような話がでてきちまってさあ。ドイツの森林を映している番組に、そんな処にいる訳がない猫がいきなりでてきていきなり消えた、とか、虎の母子を撮っていた動物番組放映中に、何故か日本猫がでてきたとか。しかも、その猫、元になったVTRの中には絶対にいなかったって話なんだぜ、いや、そのVTRに猫が映っていたら問題だろ？　ちゃんとした実写のVTRなら、そんな地方にいわゆる日本猫がいていい訳がないんだから」

……うーん。俺、なんか、どえらくまずいことを繰り返していたのか？

「一番傑作だったのが、どっかの情報番組で、『過去三回一等が出た宝くじ売り場の看板猫ちゃんです！』って奴だな。それって、生放送だったらしくて、見てたひとの話だと、なんか、番組中にいきなり猫が現れたんだってさ。それ、ほんっと……どっからか猫が紛れこんできたって感じじゃなくて、いきなり中空に現れたって感じだったそうで。しかも、この猫がなあ、スタッフが追いかけようとした瞬間、いきなり消えたんだそうで」

……確かに、なんか、とてもまずいことをしてしまったのかなあ俺。

「その猫ってさあ、全体に白地で、処々茶色い斑点《はんてん》がある、右足だけ足袋《たび》はいてる感じで黒い日本猫……って……おまえに似てるなあ」

……悪かったな、俺だよ。

「ま、ネット上の笑い話だよな」

に、しておくのが一番いいか。

と、いう訳で。

俺は、TVを見るのがとっても好きな猫だってことに、自分を規定した。二度とTVって箱の中には突撃しない。

だって、ま。

これが一番無難だよな。

なんか、俺がTVの中にはいってしまうと、いきなりいろんな問題が起こりそうだし。

好きだから、見てるだけ。

TVの中にはいっても、あんまりいいことはないし。

だから、この辺のスタンスが、一番、無難。

☆

と、思っていたのに。

いきなり問題が発生してしまったのは、その、ひと月後だ。

いつものように、会社って処から帰ってきた同居人は、TVをつけると、お風呂《ふろ》にはいり……そして……。

そして、いつまでたっても、出てこなかったのだ。

一時間たっても。

二時間たっても。

いや、人間の、お風呂事情なんてもの、俺は知らないけどさあ。

二時間、人間って、お風呂にはいっているものなのか？

過去。

俺は、一回だけ、〝お風呂〟っていうものにはいったことがある。というか、マコちゃんが、「ノミがいるー」って言って、俺を無理矢理お風呂にいれたのだ。

あれ、拷問以外の何でもなかった。だって、体中に水かけられて（お湯、だったけどな）、体中になんか変なもの塗ったくられて、体中が泡だらけになるんだぜっ！　気持ち悪いとか、そんな表現で言い切れるもんじゃ、なかった。（大体が、俺を含め、猫ってもんは、体が濡《ぬ》れるの嫌いだ。）

俺は、マコちゃんのことを、〝飼い主〟だって認めていたから、大好きだったから、だから我慢したんだけれど……あの拷問は、どう考えても、普通の猫が許せるものではなかったと思うよ。

だから。

一時間、好きであの拷問に耐える、同居人のことがよく判らなかったんだが……二時間を超えても、それでも、同居人が、あの拷問から帰ってこないっていうのは……よく判らないんだが、なんか、不測の事態があったのでは？

しょうがない、俺は、お風呂場ってもののそばに行ってみた。

しゃあしゃあしゃあ……って、シャワーの音が聞こえている。

ドアを……開けようとしてみたんだが……無理。

ふうむ。

ここで、俺は考える。

同居人が、好きでこんなに長時間お風呂にはいっているのなら、それを咎《とが》めだてするのは、俺が、無粋だ。

だが。万一。

同居人が、そもそもこんなに長い時間、お風呂にはいっていることを想定していなかったのなら？　はいっていたくないのに、なのに、同居人が、これ程長い時間、お風呂にはいってしまっているのなら？

なら、おそらく、それは、〝危機〟だ。

只今《ただいま》の同居人は、危機に瀕《ひん》している。

傍証は、ある。

シャワーの音だ。

いつまでも続いているシャワーの音。「日常生活は節約！」ってのをモットーにしている同居人、実にこまめに電気は消すし、水道だって流しっぱなしにしない。俺のことを考えるんなら、夏場のお出かけの時は、是非つけっぱなしにして欲しいエアコンだって、絶対に消す。ま、家にいる間中、ＴＶをつけているのは御愛嬌《あいきょう》なんだが……同居人がつけっぱなしにしているのは、ＴＶだけだ。

なのに、もう、二時間、シャワーが流れ続けているっていうのは……。

なんか、同居人にあったのかも知れない。それが判った俺、外に救出を求めようとしたんだ。けど……夏場だったせいで。

お風呂から出たあと涼みたかったのか、リビングのエアコンは効いている。ということは、リビングの窓、全部閉まっている。当然、他の部屋も、戸締りは万全。

ＳＯＳを発しようと思って、外へ出ようとした俺が、も、絶対外出できない状況になっていたんだな。

何度も確認した。

玄関ドアは、そもそも開けようがない。大体が重いし、俺が鼻面で押して開くようなもんじゃないし。トイレの窓も閉まっている。リビングはエアコンつけている関係上、すべての窓が閉まっているだけじゃなくて鍵《かぎ》がかかっている。台所にも窓があったんだけど、これまた閉まっている。つまり、俺、この家の中から、外に出ることができないっ！

けど。同居人は、なんだか只今、切羽詰まっているんじゃないかって気が……どうにも、俺には、したんだよな。

と、なると。俺が〝外〟へ出ることができる可能性があるのは……つけっぱなしの、TV？　しか、ない、とは、思うんだが。TVの中にはいったって、俺に何かできることがあるのか？

この家の玄関前で。あるいは、窓の下で。俺が必死になって鳴いていたら、それに気がついた人間が、この家の中のことを心配してくれるかも知れない。ただ、それは、期待値がとっても低い。

とはいえ、TVの中の俺が、何やったって、この家のこと、そもそも気にしてくれるひとがいるのか？　こっちは、もっと期待値が低い気がするんだが……でも、何もやらないより、やった方が、絶対に、いい。

☆

そう思ったので。俺は、その時やってたニュース番組の中に飛び込んだ。

「猫っ！」

毎度おなじみ、俺を見てあせりだすひと達。いきなり俺を捕獲しようとするひと達。

「これ、今、ネットで話題になっている猫では？」

「どこからともなく現れ、そして、消える猫、ですか？」

いや、そんなこと、俺は知らないんだけれど。ただ、今回の場合、俺、このひと達から逃げる訳にはいかなかった。とにかく、同居人を助けて欲しい、そんな思いがあったので……。

「あ。捕まえた。はい、よしよしよしよしよし」

って、俺をだっこして撫《な》ぜてくれたのは、アシスタントとかいう女のひとだ。おお、こいつ、いいじゃん。猫の撫ぜ方知ってるね。そこ、そこ、撫ぜられるとたまらん。

「んー、いーこですねー、はい……あ、首輪してるね、あなたは」

いや、この首輪は、マコちゃんが俺に施したものであって、同居人は知らないかも知れないんだが。

「んーっと、首輪の裏側に、住所氏名電話番号が書いてありますねえ」

なのか？

ここで。

どうやら、放映はされなかったけれど、ＴＶの中の人達、俺の同居人に連絡をとろうとしたらしいのだ。でも、ずっとずっとお風呂場にいる同居人には勿論《もちろん》連絡がとれず……いろいろあって、結果。

お風呂場で、意識を失って、倒れていた同居人、〝連絡がつかなかった〟せいで、のち、無事に保護されたみたいだったのだ。(謎の猫ってんで、俺はある意味有名猫だったみたい。だから、俺を確保した連中、同居人に連絡がつかなくてもそれで諦《あきら》めず、同居人の家まで行ったみたいなんだよなあ。そこでまあ、だれもインターホンに返事しないこと、なのにかなりの勢いで動いている水道のメーターなんか見て、強行突破してくれたひとが、いたらしい。)

☆

「おまえ、何でTVの中にはいれたんだ?」

救出されたあと、同居人が気にしていたのは、主に、それ。(というか、みんなが気にしていて、だれも判らなかった。)

「なんか、ネット上だとおまえ、飼い主の災難を察知して、それを助ける為にTVにはいっていた忠義猫だってことになっていたんだけれど……んなこた、ない、わなあ」

おお。ないよ。

おまえのことなんて、どうでもいいんだが。けど、まあ、ひとだけはいい、おまえが死んじまうのは、俺、嫌だからさあ。

ま、このあとも、よろしく頼むわ。

体重計

ボクは、とあるスポーツクラブの女性シャワー室脇にいる、体重計だ。

自分で言うのも何だけど、なかなかのスグレモノである。何たって、四桁《けた》まで表示できるんだもんね、ボク。50キロのひとなら、50・00のひとも、50・99のひともちゃんと計れる、10グラムまで対応している体重計である。

ボクは、毎日、ボクに乗っかる女性の体重を計り続けている。だってそれがお仕事だもん。

そんな日々を過ごしていると、なんか、判ることがある。

女性って、不思議。

ボクに乗る度、一喜一憂している。

それも……変な、一喜一憂。体重が、減っていると嬉《うれ》しい、同じだとうーむ、増えているると悲しい。ねえ、これ……逆じゃないの？

だって、体重って、財産でしょ？

いや、人間界のことはよく判らないよ。でも、大抵の人間が、貯金があると嬉しいって思っていることは、ロッカールームでの会話を漏れ聞くだけで、ボクにも推測がついた。（女性は、ロッカールームで、もの凄《すご》くおしゃべりをするんだよ。全然知らないひと同士であっても、数回、一緒になると、挨拶《あいさつ》をするようになるし、そのうちおしゃべりをしだして、いつの間にかほんとに個人的なことを話しているひと達も、結構いるんだ。）うん、人生、先に何があるのか判らない。だから、お金は、ないよりあった方がずっと安心。

その理屈は、ボクにも判る。

でも、そういう意味なら、体重もあった方がいいのでは？　人生、先に何があるのか判らない、そのうち、飢餓の時代がきたら、そりゃ、体重、そして脂肪、あった方が絶対いいよね？　脂肪ってエネルギーの貯金だから、大飢饉《ききん》が起こったら、脂肪のあるひとの方が、まだ安心できる筈《はず》。だって、餓死するまでにゆとりができるじゃない。

これはかなり不思議だったんだけれど、女性達の会話を聞いていると、やがて、〝見てくれ〟ってものが大切なんだってことが判ってきた。うん、なんか、脂肪がなければない程、〝見てくれ〟的にはいいみたい。ただ実際には、ボクがみて、「この子可愛いなあ」「このひと感じいいなあ」って思うことと、体重、そして脂肪量は、何の関係もないんだよ？　でも、不思議なことに、女性の方は、大体、体重が1グラムでも軽い方がいいって思っているみたい。そんなことが、ここにきて半年もたたずに、ボクにも判った。

女性って、不思議だね。


そして。ボクが、このスポーツクラブで働きだして、一年たつ頃。

ボクにはとっても気になる女の子ができた。

名前、その他、個人情報はまったく知らない。

うん、この子、うちに来ると、ひたすら運動をして（何でそれが判るのかって言えば、ボクの前を通る時のこの子、いつだってもの凄い汗まみれだから。かなり運動をしているんだね）、シャワーを浴びて、そして帰ってゆく。常連なんだけれど、他の常連の方々とおしゃべりなんかまずしない、ひたすら、運動をしてシャワーを浴びて、帰ってゆくだけの女の子。ストイックだね。かっこいいと思う。

そして。何でこの子が気になるのかって言えば。

実は、ボクの脇には、フックがあって、そこにタオルが掛けてあるのだ。

ボクに乗るひと（何たってシャワー脇に設置されているんだからさ）、場合によっては濡《ぬ》れている可能性がある、その前に、運動してたら汗かいている可能性もあるよね、だから、掛けてあるタオル。濡れてしまったボクを拭《ふ》く為のタオル。

他のひとはみんな、ボクに乗る前、ボクが濡れていると、そのタオルを使って、ボクのことを拭く。

けれど、その女の子は……ボクが濡れていてもいなくても、それでも必ず、ボクに乗る前にボクのことを拭き、そして、自分が降りたあとで。自分が使ったあとのボクのことを、必ず、絶対に、そのタオルで丁寧に拭いてくれるのだ。彼女が使ったあと、ボクが濡れていることなんてないのに。

勿論。自分が使ったあと、ボクのことを拭くひとはいる。けれど……彼女の拭き方は、何か、とても、丁寧だったのだ。丁寧で……優しい。優しく、優しく、使い終わったボクのことを拭いてくれる。

これが、時々あることじゃなくて……彼女が来る度、毎回続いてしまえば……ボクが彼女のことを気にしたって、当然だろう?

うん、いい子だね。

ボクは、彼女が好きになってしまったのかも知れない。

☆

ボクは彼女が好き。彼女もボクに乗るのが好き。

そんな蜜月《みつげつ》が、四カ月続いた。

最初のうちはね、ボクが計っている彼女の体重、大体一定だったんだ。でも、クラブ通いだしてひと月もすると、彼女の体重、少しずつ、少しずつ、減っていったの。

一番最初にボクに乗った時、彼女の体重は53・27だったんだ。そのあと、ひと月、53・32とか、53・19とか、53・30とか、その辺の処をうろちょろして……。

ふた月目にはいった頃。

ボクの表示が52・90になった時、彼女、ボクの上でガッツポーズをとったんだな。その様子が、また、とても可愛らしかった。そうか、53・02と、52・90とじゃ、実質殆《ほとん》ど体重変わっていないと思うんだけれど（直前に水呑《の》んだりトイレに行ったらそのくらいは上下するよね）、53キロか52キロかっていうところが、きっと随分違うんだろうな。それに、一回、52・90になってからは、52・88とか、52・73とか、稀《まれ》に52・94なんて数字がでることはあっても、53にはならなくなったし。

で、そのあと二カ月。大体、ひと月に1キロ、彼女の体重は落ち続けた。運動の効果がでてきたんだね。ボクは、門前の小僧で、ダイエットのことなんか詳しく知らないんだけれど、そんなに過激ではない運動をずっと続けて、ひと月に1キロくらい体重が落ちるっていうのは、まあ、いい感じのダイエットなんじゃないかなあって思っていた。

同時に……なんか……とっても悪い予感を覚えてもいたんだよね。


彼女がクラブに通いだして四ヵ月目。最初53キロ台だった彼女の体重は、50キロ台まで落ちて……そして、そこで、数字の減少が、止まった。

いや、止まらなきゃいけないんだよ。そもそも彼女、全然太っていないし。お腹たぷたぷで82・87なんてひと、一杯いるのに、彼女にはそもそもたぷたぷしている処があんまりないし。(むしろ、見てくれ的なことを言えば、胸はもっとたぷたぷしていてもいいんじゃないのか？ボクにしてみれば、最初から、彼女の脂肪貯金のなさが気になっていたくらいなんだもん。)

適切な運動で3キロ痩《や》せた。そしたら……これ以上、数字が減るのは、むしろまずいんじゃないのか？

でも。どうやら彼女はそう思っていないらしかった。

もう、ボクに乗る時の彼女は幸せそうじゃない。ボクに乗る度、眉根《まゆね》を寄せる。ボクに乗るのが全然嬉しくなさそうになってきた。

その頃の彼女の数字は、50・54とか、50・63とか、50・48とか、その辺をうろちょろしていて……ねえ、ここで、満足してよ。

そして。彼女の数字が停滞しだしてしばらくしたら。

彼女が、何故か、一週間もうちに来なかった時が、あったのだ。

ボクはとっても心配していたので、一週間後、彼女が来てくれた時はすっごく嬉《うれ》しかったんだけれど……同時に、驚いた。何、なんなの、これ。彼女……どう見ても、げっそり疲れている感じ。元気がまったく感じられない。

そんで、ボクに乗った彼女の数字は、49・98。そしたら、彼女、すっごく嬉しそうに。

「うわあ、40キロ台！　初めての40キロ台！　この一週間、やたら忙しくて満足に食事している暇もなかったのに、それでも運動しに来てよかった」

ちがあうっ！　それは、話が絶対に何か違うぞっ！　それは、痩せたんじゃなくて、窶《やつ》れたんだよっ。それも、運動で痩せたんじゃなくて、仕事で疲れている処に余計な運動して、窶れたんだよっ！

これ……これ……なんか、とっても嫌な気持ちがする。

ボクの嫌な予感は、的中してしまった。

この後も彼女はうちに通ってくれたんだけれど、40台の数字は、出なかった。いつ来ても、50・52とか、50・49とか……。

いや、だから。それが多分、現時点での彼女の〝ちょうどいい〟体重なんだよ。それ以上減らそうとするのは、絶対にまずいし、そもそも、無理だってば。

でも。ボクに乗る度、彼女の眉間《みけん》の皺《しわ》は深くなり……最終的には、「やっぱ、運動だけじゃ、駄目？　食事制限も……」。

うわあああああっ。それは、それだけは、駄目だっ！

彼女の健康の為にも、それは許してはいけない！

だから。

だから、ボクは、体重計としてのルールを……破ってしまった。

☆

次に彼女がボクに乗った時。ほんとうの数字は、50・48。でも、前回が50・42だったから……これで、また、「自分は太ってしまった」って誤解を彼女がしてしまったら困るから（だって、この数字は、あくまで誤差だよ。60グラムなんて、絶対誤差だよ、生き物ならそのくらいの誤差はあるって）……。

ボクは。

体重計としてあるまじきことなんだけれど……うーんって全身に力を込めて……表

示するべき数字を、変えてしまった。いや、体重計だって、やる気になれば、こんなこと、できるんだ。うん、49・99って数字を出したんだ。出してしまったのだ。だって、前に49・98が出た時、彼女、ほんとに嬉しそうだったんだもの。数字が、50から40になれば。少しは彼女、落ち着くんじゃないのかなあ。それを祈って。

絶対に、ついてはいけない嘘。それをついてしまったボクは、もう、体重計としては最低最悪で……けれど。

「あ、49・99？」

こう言った彼女の表情が、とっても明るくなったので。本当に彼女が嬉しそうだったので。この時のボクは、嬉しかったんだ。


それが、最低の判断だっていうことは、やがて、判った。

その後も、彼女の本当の数字は、50・44とか、50・48なのに、ボクは、一律、49・99って数字を出し続けた。嘘に次ぐ嘘。でもまあ、誤魔化している数字は500グラムくらいだし、このくらいなら誤差だし。

でも。嘘つきには、報いがくる。

やがて彼女は、49・99に、不満を持つようになったのだ。

「こんなに頑張っているのに、どうしても体重が落ちない……。やっぱり食事制限を」

うわあああ、やめてー、お願いー。

翌日のボクは、49・91って数字を、出してしまった。

……あとは……まあ……大体、想像がつくでしょ？

同じ数字を続ける。

やがて彼女が不満を覚える。

ボクは数字をちょっと下げる。

それを続ける。

やがて彼女が不満を覚える。

ボクはちょっと数字を下げる。

そして……この繰り返しを続けている間に。

実際の、彼女の体重は、徐々に増えだしたのだ。

いや、だって、そうなるか。彼女にしてみれば、とにかくクラブに通っていさえすれば、何もしなくても数字は徐々に下がってゆくんだよ。だから、クラブでの運動は、ちょっと軽めになり（彼女の汗の量は減っていったんだ……）、それでも体重は順調に減ってゆくから、彼女は油断して、帰りにアイスなんか余計に食べたりする。そしたら……徐々に、増えてゆくよね、彼女の本当の体重。

表示上の彼女の数字が、48・04になった処で。この時は、実際の彼女の体重、51・32だったから……ボクは、バーストした。

耐えられなくなった。

次は、彼女の数字を、47キロ台にしなきゃいけなくなる。でも、本当の彼女の体重は、51キロ。

50〜60グラムは、軽く誤差だって思えていた。100グラムだって、誤差って言い張ることはできた。でも……1キロは、すでに、誤差じゃない。1キロ、実際の体重と違う数字を出すのなら、もう、ボクは体重計を名乗れない。

なのに、本当の差異は……すでに、3キロ超えてる。

誤差どころか、狂いまくっている体重計だよボク。三時間遅れたり進んだりする時計は、多分もう、時計じゃないように。

……何がいけなかったんだろう。

ボク、彼女の笑顔が見たかっただけだったのに。彼女が苦しんだり眉間に皺を寄せるのが嫌だっただけなのに。

バーストしたボクは、とんでもないことを繰り返してしまった。

彼女がボクに乗る度に、「えーと、彼女の前の体重が51・32で、ボクは48・04を出したんだっけ、で、そろそろ減らす時期だっけか？」なんて計算を続けていたせいで(言っとくが、体重計には、そもそも計算をする能力なんてないよ)、他のひとが乗った時にも、ついつい計算をしてしまったり、「えーと、この間彼女に出した体重より0・04キロくらい低い数字を」なんて思ってしまったり……結果、63・82のひとに48・04を出したり、最後に乗ったひとになんか、「えーと、0・04くらい低い数字を……」って思い続けたせいか、0・04なんて表示を出してしまった。

まあ。63キロの女性が、いきなり48キロになったら、そりゃ、驚くも喜ぶも、ないよね。これで、「わあ、あたし、15キロ以上ダイエットできたの？」って言うひとは、絶対いない。まして、0・04は……すでに人間の体重ではないっていうか、そもそも哺乳類《ほにゅうるい》の体重でもないのでは？(鶏卵が、大体一個60グラムだって。その、三分の二。そんなに体重の軽い哺乳類って、いるんだろうか？)

当然、出てくる台詞《せりふ》は、たったのひとつ。

「ねえ、係のひと、この体重計、壊れてますよ」

☆

この台詞をうけて。ボクはあっという間にスタッフに回収されてしまった。

ああ、これでもう、ボクは捨てられるんだろうな。そう思ったんだけれど。不思議なことに、ボクは、すぐに廃棄処分にはされず、なんか、「調査係」って男のひとの処へ回されたんだ。ボクはずっと女性シャワー室脇にいた体重計だから、男のひとって、見るの初めて。

で、このひとは。自分が実際ボクに乗ったり、お仲間のひとをボクに乗せたり、その後はいろいろな重量のものをボクに乗せた。んで、その頃は、ボクももう落ち着いていたので。落ち着いて、ゆっくり、ボクの業務を果たした。うん、ちゃんと重さを計ったんだよ。そうしたら。

「壊れてないわこいつ」

って結果に、なってしまった。そうなんだ、あの時は、パニックになって、だから、バーストしてしまったんだけれど。バーストさえしなければ、ボクはまっとうな体重計だ。ちゃんと重さを計ることができる。

それから。調査係のひと、ゆっくりと。

「おまえは、女性シャワー室脇にいたんだって？　あの辺はなあ、一番、女性の体重に対する業が深い処だから。次の職場は、もっとずっと楽だぞー。男性ロッカールーム入り口に設置してやる。ここなら、のんびり仕事ができるから大丈夫」

って……この時は、何を言われていたんだかまったく判らなかったんだけれど。

とにかく。ボクの第二の体重計生が始まった。
そして……始まってみたら……確かに、楽。男性って、女性に較べるとそこまで数字に固執しないし……そもそも、それを気にするひとは、ボクみたいな体重計じゃなくて、体脂肪が計れる奴に乗るみたいだし。

あの彼女は、今、どうしているのかなあ。
たまにそんなことを考える。
でも……それは、もう、霧がかかったような、遠い過去の思い出だ……。

癒しの水槽

「はううう。癒《いや》される……」

最近、私と旦那《だんな》の週末の過ごし方は、なんか決まっちゃってる。結構勤務時間がきっちりしている私に較べると、旦那の場合、帰宅時間はすっごいまちまちで（しかも予定より早く帰ってくる可能性はほぼない）、その上、土日連続して休めることが、そもそも稀《まれ》なのだ。（いや、一応、週休二日制なんだよ？　そういうことになってる筈《はず》なんだよ。）

だから休日は、ひたすら旦那は惰眠をむさぼって、そのあと、うちから徒歩三十分くらいの処にある熱帯魚屋さんに、散歩がてら二人で行って、二人で水槽をひたすら眺めまくるだけ。（これ、お金もかからないしね。）

そんでもって、熱帯魚屋さんに行くと、旦那がもう、水槽に順番にはりついて。

「珊瑚《さんご》っていーよなー、イソギンチャクもいーよなー」

はいはいはい、いいのは判った、旦那。けど、あんた、海水の水槽だなんて、素人さんが簡単に世話できるもんじゃないよ。

「ああ、これ、エビの仲間だって。透き通ったエビが身をくねらせて……あうう、かわいいっ」

ごめん、私はこれ、四、五十匹纏《まと》めて佃煮《つくだに》にしたら美味《おい》しそうって感想を抱いてしまったんだが……。

「亀！　亀もいーよなー、おっきな亀の上にちっさな亀が乗って、ひなたぼっこしてるー。親亀の背中に子亀が乗って、子亀の背中に孫亀乗って……ああ、癒される……」

……旦那。

会社でストレス溜《た》まってんのかなあ。いやあ、溜まってんでしょう。亀見て癒されるって、いや、そりゃ、亀だって、見方によっては可愛いと思わないこともないんだけれど……普通に見ると……こっから先は、亀差別になっちゃうから、私、何も言わない。けど……そこまで癒されるもんなんか、亀？

「水草！　これだけだっていーわー。ああ、揺れている揺れている。光を浴びて光合成なんかしちゃってさ、ゆるやかに揺れている水草……。いーなー」

熱帯魚屋さん通いをして三週間。旦那が、ついに、水草にまで憧《あこが》れを抱いてしまった処で、私は、危機感を抱いた。

旦那。私が思っているのより、ずっと、ストレス、溜まりまくりなのか？　いや、そうなんだろう。旦那の熱帯魚屋さん通いは、ついに出なかったボーナスの時期から始まった訳で……旦那の会社、今、いろいろ、大変なんだろうなあ。ボーナスなかったって、ローンとか組んでる旦那の同僚はどうしたんだろうって思うし……実際、報道されてるブラック企業の話を聞く度、旦那、鼻で笑ってたもん。うん、どう考えたって、旦那の勤務状況、報道されているブラック企業よか、ずっと真っ黒。

いや、前からね。

旦那は、お魚さんが、好きだったのだ。それはよく判っていたのだ。縁日やお祭りで金魚すくいがあると、絶対にそれをやって、うちに二、三匹の金魚をもって帰ってきてしまうひとだったのだ。

ただ、五年前から、私が金魚すくいを禁止していたのね。というのは、五年前に、旦那は近所の公園で猫を拾ってしまって（そんでもって、その猫、大家さんに内緒で、こっそりうちで飼っているのだ）、猫がいる家に、金魚を連れて帰るのはまずいってことで。けれど。

「なあ、水草なら？　これなら、うちの猫だって襲わないと思うし、水槽の中で水草がゆらゆらしていてくれたなら……なら、俺は本当に癒される気持ちになると思うんだけれど……」

ああ。もう駄目だ。

なんか、旦那、すっごい追い詰められている感じがする。

だから。私は、しょうがない、妥協。

「とりあえず、一番安くて、手間がかからない熱帯魚の水槽……作ろうか？」

「え、いいの？　本当にいいの？」

水槽と、濾過《ろか》装置と、ポンプと、ヒーターと、お魚さんと、水草と……その他かかる費用を頭の中で概算してみて、うえっとか思ってしまったのだが、旦那がストレスのあまり病気になっちゃうよりは、これはもう、ずっとまし。

「あ、ただ。猫対策だけはちゃんとやってね。熱帯魚飼って、その熱帯魚がうちの猫に襲われましたっていうんじゃ、猫にもお魚さんにも申し訳ないから」

「うん、判った。……ああ、本当に、このお魚さんがうちにいてくれたら……俺、癒されるよなあ……」

てんで。旦那は、初心者用の水槽セットを買った。（ちゃんと蓋《ふた》があって、絶対に猫が中のお魚さんを襲えないような奴。）セット買って、まず一週間、水を作って、それから、グッピー四匹と、ネオンテトラ二十四匹を買った。

うちは賃貸マンションの二階、小さな2LDKなんだけれど、幸いなことに角部屋で、角に面したリビングには出窓なんかがある。その出窓に、この水槽を置いて、その水槽の中に、グッピーとネオンテトラを放した時、本当に、旦那は、嬉《うれ》しそうだった。（いや、最初は私、窓辺に水槽を置くのは嫌だったのだ。なんか、水槽のガラスで光が屈折して、火事なんか起こすのが怖くって。でも、旦那が強行しちゃったの。うちの窓は北向きだし、窓の脇にはもの凄《すご》く大きな木が生えていて、確かに日当たりかなり悪いし、ま、大丈夫かなってことで。それに、お魚さんに窓ガラス越しとはいえ、外の世界を見せてあげるんだって、旦那は妙に嬉しそうだったし。）

「ああ……泳いでいるお魚さん達……癒される……」

☆

さっきまで、世界がぐるんぐるん異常な感じで動いていたので。

今、やっと、世界が落ち着いて、そしてしばらく時間がたったので。

僕は、ふうって、息をつく。

一体、何だったんだろう、あれは。

僕達がはいっている水越しに、変なものがいっぱい見えた。水槽の中にいた時には見たことがないような色彩の塊とか、訳判らないものが沢山。そして、それが！　水槽の中からは、見える世界が一定していたんだけれど、このぐるんぐるんしている世界は、それが、もの凄い勢いで変わってゆくのだ！

……それまで、僕は、普通の世界の中に、いたんだよね。大きな水槽の中っていう、普通の世界に。

けれど、その世界の中に。

いきなり網がはいってきたのだ。

そして、僕は、掬《すく》われた。仲間も一緒に、掬われた。

いや、今まで。

僕がいる水槽の中に、いきなり網がはいってきちゃって、僕の仲間が掬われるっていうことは、過去、何回も、何回も、あったのだ。

だから。

世界っていうのは、そういうものだって、僕は、判っていなかった訳じゃない。

世界というのは、そもそも、安定しているものではない。

いきなり、〝網〟がはいってきて、世界の中にいる僕達魚を掬ってしまうもの。

そして、掬われてしまった魚がどうなるのかは……残されている僕達には、判らないもの。

うん。

ちょっと表現は違うかも知れないんだけれど。

それまで僕は、網に掬われてしまうこと・イコール・死んでしまうこと、だって、思っていたんだ。

いや、だって。網に掬われた魚がどうなるのか、僕にはまったく判らなかったし、それを判っている仲間はたったの一匹もいなかった。と、いうことは、〝網に掬われる〟イコール〝死〟だって思って、そんなに変なことはない筈《はず》。

けど。

どうやら、〝網に掬われる〟イコール〝死〟では、ないみたいなんだよね。

だって、僕は、まだ、生きているもの。

そして、まったく違う世界に来てしまった。

違う世界に来てみて、驚いた。

ここは、とても狭い、水槽だ。そして、その狭い水槽のガラスを通して、外の世界が見えるんだけれど、この世界が、とっても、変。

前にいた大きな水槽の世界は、水槽の隣には別の水槽があった。その隣も水槽で、ずっとずっと水槽で……世界というのは、水槽の集まりでできているものだと、僕は思っていた。そんで、水槽毎に、違う種類の魚達が泳いでいるもの。

ところが。この小さな、狭い水槽から見える外の世界には……水槽が、ない！　それどころか、〝何が何だか判らないもの〟が、山のようにあるんだな。主に四角いもの、中心に。

長っぽそい柔らかそうな四角いものとか（この上に、ヒトが時々座ったり寝っころがったりする）、かっきりとした四角いものとか（この上に、時々ヒトは、いろんなもの並べて……ああ、あれは、食事をしている、のかな？）、やっぱりかっきりとしたちょっと小さい四角いものとか（食事の時、ヒトはここに座っている）、奥の方にあるのは、謎の四角いものだ。（プチって音がすると、いきなり灯《あかり》がつく四角いもの。そんで、その四角いものの中には、いろんな光景が映ったりする。）

ただ。

これはまあ、水槽のかわりに、〝四角いもの〟がある世界だって思えば、了解できる。以前にいた、大きな水槽の世界は、とにかく水槽が連なっていて、その水槽の中では、魚が死んじゃったり、新しい魚が来たり、網がはいってきて中の魚を掬ってしまったり、いろんなことがあったけれど、水槽自体は、安定して、そこにあった。

おんなじことで、この世界でも、ヒトが動いていたり、ヒトがいなかったり、ヒトじゃない動物がいきなり現れたり、いろんなことがあっても、でも、四角いものがある世界自体は、安定している。

けれど。

驚くべきなのは……四角いものが、ない方の、世界。

僕がはいっている小さな水槽の、片方の面からは、四角いもので構成された世界が見える。でも、逆側の面には。

　超越的に巨大な水槽があるのだ。

　僕は、ガラスで構成されている水槽の中にいる。で、片側には、四角いもので構成されている世界。そして、その逆側には……僕のはいっている水槽のガラスから、ちょっと間をおいて、もう一枚、ガラスがあって……ガラスがあるということは、その向こう側に広がっているのはあきらかに〝水槽〟の筈なんだが……その、ガラスの向こうの世界が……広いったって、広いったって、程があろうってものだったのだ。

　どんなにがんばって目をこらしてみても。その巨大水槽のしきりになっている、水槽の壁が、見えない。判らない。

　また、この〝水槽〟の中の水草は、とても、変だ。

　なんだかとっても頑丈そうなのだ。水流の影響を受けないのかなあ、ゆらゆらと揺らぐことがないし……逆に、この水草が揺れる時には、もっと、なんか、暴力的な感じで、揺れているのだ。しかも……信じられないくらい、でかいし。

　また。この水草には、時々、変な生物が来た。ヒトではないし、僕達の仲間である魚とも思えない、体全体に毛が生えている、変な生き物。それが、羽毛に覆われたヒレをぱたぱた動かして、時々水草にとまったりするんだ。

　こいつらの動作を見るにつけ……僕は、とっても変な疑問を抱いた。抱いてしまった。

この巨大水槽の中……ひょっとして、水、ないの、かな？

いや、以前の世界、水槽が連なっている世界にいる時も、ちょっと、思った。

水槽の外にいる生き物、ヒトっていうものは……ひょっとしてひょっとすると、水がない世界で生きているのか？

この思いは、今では確信になってきている。

ヒトというのは、水がない世界で生きている、変な生き物なのだ。

何故って。小さな水槽から見える、四角いもので構成されている世界、そこが水に満たされているとは思えない事象が、多々、確認できたから。（一番簡単な例を挙げると、四角いもので構成されている世界には、水がある世界なら当然ある、〝浮かびあがってしまう力〟っていうものが、まったくないのだ。ものの動き方が、水があるとしたら、とっても〝変〟なのだ。）

ひょっとしたら、水がない世界に住んでいる生き物。そういう生き物がいる、ガラスの向こうにある巨大水槽の世界。

そんなことを考えると……考えると……ああ。

僕は、この小さな水槽の世界に来てから、ずっと、ずっと、四角いもので構成されている世界の逆側、巨大水槽の方を、見ていた。見て、時間を、過ごしてきた。

いや、だって。

どんな言葉を遣おう。どんな言葉なら、この感覚を表現してくれるんだろうか。

よく判らないいんだけれど……。

前に。水槽が連なっている世界にいた時。

この水槽の連なりに、外国から来た魚がはいったって話を、水槽づてに、漏れ聞いたことがある。

その時の話によれば。

アマゾンだかどっかだかって処の、〝海〟か〝川〟で捕獲されたその魚（って、〝海〟とか〝川〟っていうのがなんだか、僕は判らないんだが）、水槽の中の僕達を、随分莫迦《ばか》にしてくれたらしい。

「おまえら、それで、生きてんのか？」

って聞かれても、返事に困る。勿論《もちろん》、僕達は生きている。

「エサ、全部人間がくれんだろ？」

……違う御飯のとり方があるのか？　そもそも、その辺からして、僕にはよく判らない。御飯というのは、ヒトがくれるものではないのか。

「はっ。すっかり餌付《えづ》けされちまってんのな」

って……僕達は、生まれたのがこの水槽の中で、最初っから御飯はヒトがくれるものであって……それにどんな問題があるんだか、これは全然判らない。

こんな僕達の反応が、おそらくは、この〝捕獲された魚〟にしてみれば、とっても不甲斐《ふがい》ないものであったようで、〝捕獲された魚〟、どえらく僕達を莫迦にして、それが不快だったので、この魚の話題は、すぐに僕達の間ではでなくなった。(この魚が、僕達と口をきくのをやめたのか、あるいは、この魚、網に掬《すく》われてしまったのか、最悪死んでしまったのか、その辺の処はよくわからない。)

でも。

この魚の言葉は……少なくとも、僕のことを、傷つけた。

僕は、この魚の言葉を聞いて、傷ついてしまったのだ。

なんか、とっても不条理なことを言われた気がして……なのに、反論が、できないような気持ちもして。

そして、今。四角いもので構成されていない、巨大水槽の向こうを見ていると……時々、僕は、この魚の言葉を思い出す。

こっちの巨大水槽の中の生き物は……どうも、なんか、みんな、ヒトから御飯をもらっていないらしい。この巨大水槽のガラスには、時々、魚ではない、ヒトでもない、毛も生えていない、小さな生き物が激突していて、時々、巨大水槽の壁にはりついているぬめっとした生き物が、こいつを襲って喰《く》っているのだ。(四角い世界にいるヒトが言うには、これ、虫ってものとヤモリってものらしい。）それに、四角い世界にいるヒトも、もっと大きなヒトから御飯をもらっている訳ではない。自分で御飯を作っているらしいし……その御飯も、自分でとってきているらしいのだ。

エサ、全部ヒトにもらっている……自分で御飯をとらない、僕って、恵まれているのかなあ？　あの、アマゾンの魚が言ってたように、これでは僕、〝生きている〟って言えないのかも知れないなあ。

でも。

自分で御飯をとる生き方は、なんだかとっても大変そうだ。

巨大水槽の中には、ほんとにでっかい水草があって（緑の部分だけじゃなくて、茶色いぶっといものが、この水草を支えている構造なんだよね、これはもう、水草って言うのは、多分違うのかも知れない）、そこには小さな生き物が一杯はっていて、結構みんな、死んだり殺されたり殺したりなんだりしているんだ。それが、ここからでも見てとれる。

これ、見てると……。

ちゃんと毎日御飯をくれて、時々水槽を掃除してくれるヒトがいない世界。自力で御飯をとらなきゃいけない世界。いや、多分、御飯をとるだけじゃなくて、他のこともみんな自力でやらなきゃいけない世界。

そんな中で生きてゆくのは……とっても大変なんだろうな。

そう思うと、僕はまた、ちりって心のどこかが傷つくのを感じ……でも、同時に。

巨大水槽。ひょっとしたら水がないかも知れない巨大なガラスの向こうの世界。

そこに、自分がいないことが、嬉《うれ》しいのだ。自分は、毎日ヒトに御飯をもらえる、水槽の手入れもしてもらえる、それがとっても嬉しいのだ。いや、この水槽は、前にいた処に較べると、とっても狭くて、仲間の数も少なくて、そういう意味では不満がない訳じゃないんだけれど、そんな不満を吹き飛ばしてくれるのだ。巨大水槽の眺めは。今なら、正しい言葉が言えるかも知れない。

ああ、癒《いや》される。

この巨大水槽を見ていると、アマゾンの魚に傷つけられた、狭い水槽に閉じ込められている、僕の気持ちは、癒されるのだ。

だって。

あっちよりは、こっちの方が、ずっと、ずっと、ましだもん。

☆

うちに水槽が来てから半年弱。旦那《だんな》の精神状態は、ちょっとは上向きになってきた。

ただ、会社から帰るとまず水槽にはりついて、思いっきり「癒されるー」って呻《うめ》き、それからずっと猫を構っているんで……「あんたの癒しはお魚と猫かよっ！　私は眼中にないんかいっ！」って言いたくなることも、ない訳じゃないんだが。

けど、ま、旦那の気持ちが上向きになるに越したことはないもんね。

それに。（実はこっちの方が、旦那の精神状態が上向きになった本当の理由かも知れないんだが）旦那の会社も、徐々に徐々に持ち直してきたみたいで、先月、金一封程度のものだったけれど、一応、ボーナス、出たし。

……まあ……めでたし、めでたし、ですかね。


「ああ……癒される……」

「癒される……」

かくて、そして。

今日も、ガラスを挟んで、水槽のあっちとこっちで、そんな言葉が囁《ささや》かれるのだ。

あなたの匂いに包まれて

『あなたの匂いに包まれて

ごろん、って、寝っころがる。

ちょっとごわごわした布製の、おっきな黒い鞄《かばん》の上。

ずりずり中にはいってみたりもする。

鞄の中には、ビニールっていうのかな、布とは違う肌触りの処があって、すべすべしてる。少し冷たい。

家の中の床に散らばっている、座布団やソファみたいに、ふわふわしていない感触なんだけれど、これも、また、よし。

それに、この鞄は、全部、ママの匂いがして。

体を思いっきり、鞄の上で転がす。自分の匂いがママの匂いに混じる。

ちょうど毛が生えかわる時期だから、鞄表面の、ごわごわした布に、体を擦りつけると気持ちいい。

　なんか、いい感じで、毛が抜けてゆく。』


と、ここまで書いてみた処で、インターホンが鳴った。ああ、外から見ると、まだ家の電気がついているのが判るから、旦那が鳴らしたんだ。で、あたしがそれに応《こた》える間もなく、玄関ドアが開いて、

「なんだ、まだ起きてたのか。先に寝てていいって言ったのに」

まあ……すでに十一時まわってるからなー、勿論あたしも、接待で遅くなる旦那の帰りなんか待たずに寝るつもりだったんだけれど。事情があって、寝る訳にはいかなくなっちゃったもんで。

　で、あたしが立ち上がろうとすると、旦那がそれを手で制して。

「なんかやってんなら、俺気にしなくていいから続けて。俺、着替えだけしたら、缶ビール一本いくけど、おまえは？」

「チューハイあったよね？　一本、付き合う。……けど、あなた、呑《の》んできて、更に？」

「今日のはな、すんげえ気を遣う接待で、全然呑んだ気がしねーの」

　で、旦那が、自分の部屋に荷物置きにいったり着替えをしてんの、片目で見ながら、あたしは、さっきまで書いていた文章を続ける。

『ママがいなくて寂しい時は、いつもこの鞄に体を擦りつける。

ママの匂い。これがあれば、寂しくない。

それに、これ、しょっちゅうやるようになってからは、ママの匂いに混じって、自分の匂いもする。この二つの匂いに囲まれていると、とても安心。

だから、時々、眠ってしまう。

ただ眠るのなら、座布団の上とか、ママが作ってくれた段ボール箱の中にクッションつめた奴とか、寝心地がいい処は他にもある。

けれど、ママと自分の匂いに包まれて寝るのは、全然違う安心感があって。

今日も、そのまま、うとうとして。気がついたら、随分と眠ってしまって……あ。また、失敗をしてしまった。

あんまり気持ちよく眠っていると、つい……。』


「で、何やってんの」

パジャマに着替えた旦那、自分の分の500ミリリットルの缶ビールと一緒に、冷蔵庫から冷えている缶チューハイ出してきてくれて、それをあたしの頬にくっつける。いきなりそんなもんが頬にあたったんで、あたし、ひえっとか声だして。それに、ちえっ、これ、梅だあ。柑橘《かんきつ》系の方がよかったのにー。

「んー……時間潰《つぶ》しー。気持ちの正当化ー」

いや、洗濯終わるまで寝る訳にはいかなかったし、だから、洗濯機がまわっている間、時間潰さなきゃいけなかったし、それに、今、洗濯している事情を考えると、ちょっと「うっ」ってくるものがあったので、その、自己正当化も兼ねて、日記代わりに創作した文章、書いてみてたんだよね。

「って、何だそれ」

旦那、あたしが向かっているパソコンの画面に目を寄越し、その瞬間、洗面所の奥の方で、かすかにチャイムの音が聞こえた。

「ああ、終わった。ちょっと待ってて。鞄干したら、あたしもチューハイ開けるー」

んで、あたしは立ち上がる。洗面所に行くと、今、チャイムが鳴って洗濯終わりを告げてくれた洗濯機から、鞄をとりだして干す。うち、二人共花粉症なので、春は洗濯物が外に干せないのね。だから、四年前、引っ越した時に、ペット可ってだけじゃなく、浴室乾燥機能つきの物件をわざわざ選んだんだけれど、まさか、ペットのせいでもこの機能を使うことになるだなんて思いもしなかった。

で、あたしがリビングに戻ってみると。あたしが書いていたパソコンの画面を覗《のぞ》いていた旦那、苦笑。

「またやられたんかい」

「なのー。帰ってきて、鞄から中身だして、冷蔵庫にいれたり何だりしている時に電話が鳴ってさ、電話が終わった時には、鞄のことすっかり忘れてて……。そのまま、明日《あした》の朝御飯の下ごしらえして、自分の夕飯作って食べてお風呂《ふろ》にはいって……寝ようと思ったら」

「猫が鞄におしっこしてた、と」

「なのー。その瞬間から、寝る訳にいかなくなっちゃってさあ。とにかく鞄洗濯して、干しとかないと、明日パートに行く時困る」

これ、すっごい便利な鞄なのだ。全然上等なものじゃないんだけれど（何たって、洗濯機で丸洗いしてる）、外側と内側に複数のポケットがあって、その上でっかい。あたしは週五日、三時から八時まで、近所のスーパーでパートしてるんだけれど、その時この鞄もってゆくと、八時であがった時、ちょうど値引きが始まったうちのスーパーの商品を、ごそっと買って帰れるんだよね。外側にも内側にも、ファスナーのついたポケットがあるから、キーホルダーや Suica のはいったカードケースは外側のポケットに、お財布やポイントカードいれは内側のポケットに収納することが可能だし。（エコバッグみたいな奴だと、買い物突っ込んじゃうと、そういう小物を出すのが大変なの。大体下の方に紛れちゃうから。）

ここで、あたしも、缶のプルトップをぷしゅっ。あ、梅でもいっかー、なんか沁《し》みるー。美味《おい》しい。

「でも、これ、嘘だろ」

「だーかーらー、気持ちの正当化って言ってる」

「まっ、なあ。うちのミーコはあたしの鞄におしっこをするのが大好きです、なんて、なあ。言いたくはないよなあ」

ここで、旦那《だんな》、改めてビールの缶を掲げて。二人して（も、お互いに少し呑んじゃってたけど）、乾杯。

「ミーコ、別にあたしの鞄におしっこするのが好きなんじゃないよ」

ぶすっと、あたし、言う。そんなことなら、まだ、いいのだ。

「これだとまるで、ミーコが、おまえの匂いに包まれていると安心して、ついうっかりぐっすり眠っておねしょするって感じだよな」

そんな話ならねー。あたしも我慢できるっていうか……だから、こんな文章、作ってみたんだけれど。

いや、猫が自分の鞄におしっこしてしまうのは、それがしょっちゅうあることならば、他にどうしようもないんだから、我慢するしかないことなのだ。（というか、普段そうしているように、外から帰って、鞄《かばん》の中身を全部だしたら、ただちに鞄をクローゼットの中にいれてしまえばいいのだ。さすがにミーコ、クローゼットのドアを開けて、中からあたしの鞄をとりだして、それでおしっこする訳じゃ、ないんだから。けど、なんせ、買い物袋がわりに使っている鞄だ、結構な確率で、あたし、それやるのうっかりすんのよ。で、このていたらく。）

「……けど……話はねー、復讐《ふくしゅう》だからね」

「まあ……認めたくは、ないわな」

そうなのだ。この鞄、実は、二代目。

初代も、似たような黒い鞄で、でっかくて、ポケットが複数あって、だから、普段の買い物用に使っていた。そんでもって、猫っていうのは、何故か、狭い処にはいりたがるっていう性質がある。家の中に段ボール箱があると、何故かそこによくはいってしまう。（あ、猫鍋《ねこなべ》！　土鍋の中に猫がはいってる写真、あたしも何回か見たことあるんだけれど、あれ！　ああいう処に、はいるの好きだよね、猫。）同じ理屈でか、ミーコは、結構、あたしの買い物用の黒い鞄に勝手にはいってしまうことがあった。

そんで、ある日。

昼過ぎ、猫トイレのお掃除をしていたあたし、すっごく驚いたのだ。ミーコのおしっこが……なんか、これ、赤くない？　いや、トイレ砂の色もあるし、よく判らないんだけれど、なんか、赤いような気がする。

血尿。

という言葉が、まず、浮かんで、次の瞬間、ミーコを獣医さんに連れてゆかなければぱって思った。普段、ミーコを獣医さんに連れてゆくのには、専用のキャリーケースを使っていたんだけれど……逆に言えば、ミーコは、獣医さんに行く時以外、このキャリーケースを使わない。（ワクチン接種と、あたしと旦那が二日以上家を空ける時に、ミーコは獣医さんのお世話になっていて、そんな時、出てくるのがキャリーケースなのだ。）

世の中の他の猫のことはよく知らないんだけれど。あたしの経験からいうと、獣医さんに行くのが好きな猫って、あんまりいない。そして、うちの場合、〝キャリーケースが出てきちゃう・イコール・獣医さん〟なので、ミーコは、キャリーケースを見た瞬間、逃げるのだ。（ワクチン接種や、旅行の為にミーコを獣医さんに預けるのなら、ミーコ、逃げたっていいのよ。そんなに広い家って訳じゃない、そのうちミーコ、捕まえることができるから。ワクチン接種なら、別にその日にやらなくたっていい訳だし、旅行の場合は、わざわざ二、三日前から、キャリーケース、どんってリビングにおいといて、ミーコがそれに慣れた頃見計らってキャリーケースに突っ込むっていう悪辣《あくらつ》な手を、飼い主であるあたしと旦那は使うしね。）

ただ。今回の場合、ことは血尿だ。急いだ方がいい可能性高い。

ここであたしが余計な策を用いたのが、悪かったのかも知れない。

今、ここで、キャリーケースを出してきたら、まず、間違いなくミーコは逃げる。だからあたしは、素知らぬふりをして、キャリーケースなんかまったく出さず、ミーコがあたしの買い物用黒鞄に乗っかった瞬間、把手を持って、鞄持ち上げ、ミーコが鞄の中に落っこちた処で（実は、この辺の処までは、ミーコがあたしの鞄にはいった時、遊びで時々やってたんだ）、問答無用でファスナーを閉め、そのまま、ミーコを獣医さんに連行したのだ。

ま、言わせてもらえば。というか、あたしにだって、言い分はある。だって、あの時は、ほんとにミーコが心配だったんだもん。猫の血尿なんて、初めて見たし、それがどんな病気の予兆であるのか判らなかったし、一刻も早く、獣医さんに連れてゆきたかったし。

けど、まあ、ミーコにしてみれば、全然違う言い分があるのも判る。

あの瞬間。ミーコは、あたしに、裏切られたと思ったのだ。うん。多分。きっと。

いつものように鞄にはいって、あたしがその把手を持ち上げ、普段だったら、そのままゆっくり鞄を揺らして、「ほりゃー、ほれー」とかってブランコ遊びをしたり、外側からミーコ撫《な》で回して「うりゃうりゃうりゃうりゃ」なんてされる筈《はず》が、気がついたら獣医さんだよ。ミーコ、すんごい、怒ったのかも知れない。いや、怒ったんなら、まだいいや。本当に、裏切られた気持ちになったとしても……無理は、ない。

それにまた。

実際の処、この血尿は、そんなにたいしたことじゃ、なかったんだよね。薬で簡単に治ったんだよね。いや、勿論《もちろん》、たいしたことなかったのは、いいことだ。たいしたことあったら大変だ。でも、となると……あとに残るのは、〃たいしたことなかったのに、ミーコに酷《ひど》いことをしてしまったあたし〃っていう事実。それのみ。

信頼していたあたしが、いつものように遊んでいるふりして、ミーコに酷いことをした。

ミーコが判っているのは、多分、この、事実だけ。

で。

帰宅した直後から。

ミーコは、あたしの黒い鞄に、おしっこをするようになったのだ。

最初は、判らなかったのよ、これがミーコの怒りだって。

獣医さんに行った時、〃怖《こわ》ショー〃をする猫がいるっていう話を、何かで読んだことがある。〃怖ショー〃。うん、あんまり怖くて、おしっこ、もらしちゃうのね。

だから、最初のうち、ミーコがやっているのはそれかと思ったんだけれど……全然、違った。ミーコは、あのあと、わざと、あたしの黒い鞄に対してのみ、おしっこをしているのだ。トイレはいつもの処でちゃんとやっているんだ、あきらかに、嫌がらせとして、これをやっているのだ。その度にあたしは、鞄を丸洗い。

ま、でも。あたしは希望的観測を、その頃はまだ、保っていた。

というのは、猫のおしっこって、かなり強烈なので……どんなに丸洗いしても、微妙に、匂いが残る。で、自分のおしっこの匂いがするから、だからあたしの鞄を、トイレの一種だと誤解して、それでミーコ、ここでやっちゃうのかなあって。（と思っていた時には、連続三回丸洗いしたり、花粉が飛んでいない時期だったので二日もおひさまにあて続けたり、オーデコロンかけてみたりもした。最後のひとつは、複合した匂いがすっごいことになってしまったので、二度とやらなかったけれど。）

で、そんなこんなやっているうちに。あまりにも丸洗いを繰り返したせいか（そもそも鞄なんてそんなに丸洗いをすることを想定して作られていないだろうと思うし）、初代の鞄、内側のポケットあたりから段々ほつれてきて……さすがにみっともない状況になってしまった。

そこで、旦那《だんな》が買ってくれたのが、今、あたしが使っている鞄。二代目の黒鞄。前のとは、ちょっとデザインが違うんだけれど、ポケットの数やでっかさ加減なんかが、結構似ている奴。

二代目の鞄を買った直後は、あたしも油断していたんだ。だって、この鞄、新品だもの。ミーコのおしっこ、一回も掛かっていないんだもん。だから、ミーコ、これのことは無視するだろうって。（実際、あたしの他の鞄や、旦那の鞄——旦那も、休日に一緒にスポーツクラブへ行く時なんかは、あたしの黒鞄そっくりの黒い鞄を使っているんだよ——には、ミーコ、何もしないんだもの。まあ、これらの鞄は、買い物用鞄と違って、大体クローゼットにはいっているって事情もあるんだろうけれど。）

ところが。そんなあたしの希望的観測を粉砕するように、旦那に買ってもらってあたしが一回それを使ったら、その日のうちに、ミーコは二代目黒鞄にもおしっこをした。

こと、ここに至って。

あたしは、確信することになる。

ミーコ。あきらかに、わざと、復讐として、あたしの鞄におしっこしてる……。

「大体が、だなあ、この文章には間違いが多すぎる」

ふん。そんなこと、旦那に言われなくったって、あたしだってよく判っている。

「そもそもミーコ、あたしのこと、ママだなんて思っていないよね。いいとこ……できの悪い使用人だと思ってるような気がする」

「俺のことも絶対パパだって思ってないしな。おまえができの悪い使用人なら、俺は、できの悪い使用人の更に従僕だって思ってる」

う、うーむ。うちの家庭内力関係って、旦那が思うに、そう、なの？

「けど、何より間違っているのは、漢字だ」

「へ？　漢字？」

「匂い、じゃ、ねーだろこれ。臭い、だ」

なんだよねー。どんなに丸洗いしても、天日に干しても、その瞬間はとれたと思った猫おしっこ匂い……雨が降って湿度があがった時なんか、むっと、鼻につく感じになるんだよねー。どう考えても〝匂〟じゃなくて、〝臭〟。

と、ここで、ミーコがいきなりあたし達の間に割り込んできた。そんでもって、あたしに鼻面おしつけて。旦那は、そんなミーコを脇からかっさらって抱えて。

「ほーら、ミーコ、うりゃうりゃうりゃうりゃうりゃ」

撫ぜようとするんだけれど、ミーコは身を捩《よじ》って、旦那の愛撫《あいぶ》から逃れると、あたしの手の中へと。

「ほら。確かに、おまえの鞄《かばん》におしっこするのは復讐《ふくしゅう》なのかも知れないけれど、俺からすれば、おまえ、絶対、ミーコに愛されてるって」

……なのか、なあ？

そっか。この人間の女は、そんなことを考えていたのか。

なんか、じゃれ合いながら寝室へ行ってしまった、自分のことを〝飼い主〟だって思っている男女二人を見ながら、そんなことを思う。

さすがに、人間が書いている文章は、読めない。判らない。

けれど、二人の会話のおかげで、あの女が何を書いていたのか、想像がついたので。その補足を、してあげよう。

確かに最初のうち何回かのおしっこは、怒りである。復讐である。

だが……この男女は、大切な、召使だ。快適な生活を送る為にも、護《まも》らねばならない。

そして、この女は、莫迦《ばか》だ。何故、気がつかない？

獣医、とかいう、悪魔の手先から家に戻って数日後。

召使の女は、とんでもないものを家に連れ帰ってきた。

〝とてもよくないもの〟。人間の言葉で言えば、〝浮遊霊〟〝悪霊〟とかいうものだ。

人間を、召使としか思えないのは、このせいもある。

何故、人間は、こんな〝よくないもの〟が判らないのだ？　しかも、自分ではその撃退ができないときている。

勿論、それは撃退した。思いっきり首のうしろの毛を逆立てて、「ふうっ」とやる。猫がこれをやって、それでもここに居つける〝よくないもの〟はいない。その時は、これで、済んだ。

だが。この女。その〝よくないもの〟に見込まれてしまったのか、度々、女の背後に、〝よくないもの〟がついてきてしまうことがあったのだ。

しょうがない。マーキング、してやることにした。

自分の匂いを女の持ち物につける。これにより、どんな〝よくないもの〟も、この女についてくることは、できなくなる。

せっかくマーキングをしているっていうのに、この女は、マーキングする度、それを洗い流してしまうのだが……猫族のマーキングは、洗濯などという、小賢しい人間の技では、完全に落とすことはできない。

こんなに苦労して、この男女を護っているというのに、女がそれをまったく理解してくれていないのは、情けない。

だが、まあ。

人間なんて、そんなものだろう。

これについては、諦《あきら》めるしか、ない。

守護者

「ビンゴー」

という言葉が、僕が意識を持った時、最初に認識した音だった。

「はい、ビンゴでました。はいはいはい、そこで手を挙げているお嬢さん、前に来て」

てんで、将来的に僕の持ち主になる十和子《とわこ》ちゃんがやってきて、みんなの前で、ちょっと上気しながら、御挨拶《あいさつ》。

「えっと、佐竹《さたけ》十和子です。……なんか、いきなりビンゴあてちゃっただなんて、今日、初めてここに来たのに、なんかすみません」

「いや、いやいや、そんなことい－から。そんでは、賞品は……ジャーン、消火器、ですっ！」

「……え……？」

こう言われた十和子ちゃん、なんだかもの凄《すご》く悩んでいる感じ。いや、だってまあ、飲み会ビンゴの賞品が消火器って……確かに、こりゃ何だ、だよ、ねえ。

「はい、消火器です。火を消す為の道具である、消火器、ですね。間違っても胃腸みたいな、食べたものを消化する消化器じゃないですから、そこの処、間違えないようにね。さすがに胃腸はあげられません」

こんなこと言われて、十和子ちゃん、目をぱちくり。これは、大学のサークルのビンゴ大会で、誘われて参加はしたものの、まだ入学したばかりの十和子ちゃん、全然、周囲に、馴染《なじ》んでいない。というか、今、何が起こっているのか、ほぼ、判っていない。このビンゴ大会は、〝ノリ〟だけでやっている、そんなものだってことが、まだ、全然、判っていない。

「十和子ちゃんは、上京してきたばっかりかなあ？」

司会者の軽薄なノリに、十和子ちゃん、つい、頷《うなず》いてしまう。

「え、はい、この四月に……」

「なら、消火器は、必需でしょっ！」

「……え……そう……なん……です……か？」

「決まってます。東京のアパートはね、狭いし、密集しているし、火事が起きたら、それはもう、大変」

「あ、それはそうだと思います」

「だから、必需なんだよね、消火器は。これがないと、独り暮らしなんてしちゃいけないんですよ。もうそろそろ、国会で、東京の独り暮らしのアパートには消火器必需なんて法案が通りそうな感じで」

「あ……ああ、そう、なん、ですか。知りませんでした」

ここで。なまじ。なまじ、十和子ちゃんが、本気でそれに納得してしまったせいで、司会者の男性、これ以上十和子ちゃんを〝弄《いじ》る〟のを断念する。

「はい、そんでは、ビンゴ、続けますっ」

かくてこうして。ビンゴは続き。

ふと、時間がたつと。

消火器である僕は、十和子ちゃんの家に行くことが決まっており……十和子ちゃんもまた、それを納得してしまっていたのだ。

☆

まあ……〝新入生歓迎ビンゴ大会の賞品〟が消火器だって処からして、このサークル、結構ノリが凄い。最終的に十和子ちゃんは、このノリについていけなくって、このサークルには加入しなかったんだけれど、いや、十和子ちゃんの為にも、これは、よかったような気が、僕はする。うん、だって十和子ちゃんって、とても真面目な女の子で（〝国会で、東京の独り暮らしのアパートには消火器必需なんて法案が〟って言葉に、本気で肯《うべな》ってしまったのだ、どんだけ真面目で、どんなに一直線な女の子なんだよっ！）、そのあとも、ずっと、僕のことを大切にし続けてくれた。

引っ越す度に、僕のことを、新居へと連れていってくれた。

ずっと、ずっと。いつも、いつも。

そして。なんと。

十和子ちゃん、結婚する時も、僕のことを新居へと連れていってくれて……も、すでに、製造年月日から軽く十年を越した僕は……ちょっと、その、どうしていいのか、判らない気持ちになる。

「十和子の荷物はこれでおしまいか？　……あ、この消火器は、どーすんの」

「あ、持っていきたいと思ってるんだけれど……駄目？」

「いや、別にいい。じゃ、持ってゆく」

って、こんなことを言ってくれた十和子ちゃんの旦那《だんな》さんに、心の片隅で、敬礼。

でも、とは言うものの……僕は、ここにいて、本当にいいんだろうか？

いい訳はない、そんな気はする、けど……もう十年以上十和子ちゃんを見守ってきていたんだ、なんだか僕、十和子ちゃんと離れがたい気持ちになってる。けど……とはいえ。僕がついていって、本当にいいのか、それっ！

☆

食べ物には、賞味期限というものがある。

で……これはまあ、あんまり知っているひとはいないんだろうと思うんだが、消火器にも〝使用期限〟というものがある。

まあ、〝食べ物〟の〝賞味期限〟が切れても、それですぐにその食べ物が食べられなくなる訳ではない、同じ理屈で、〝使用期限〟が切れても、すぐに僕が消火器として役にたたなくなる訳ではない、それは判っているんだけれど。でも……とっくに期限が切れている僕が、いかにも「消火器でございい」って顔をして、十和子ちゃんについてまわるのは、いかがなものか。

僕さえいなくなれば、十和子ちゃんは新しい消火器を買うだろう、そんなことを考えると、僕は、哀しくて口惜しくて泣きそうになって……でも。もし、十和子ちゃんの家で、火事が起きた時、僕は役にたてるかどうかが判らない。けど、新しい、まっさらな消火器が家にいてくれたら、そいつが十和子ちゃんを助けてくれる可能性は高いのだ。つまり、僕は、ここに存在しているだけで、十和子ちゃんの家が火事になった時の被害を甚大にする可能性がある。

でも。僕は、どうしても十和子ちゃんと離れがたく……。

……ああ。告白しよう。

いつの間にか、気がつくと僕は、十和子ちゃんに恋をしていたのだ。いつまでも十和子ちゃんの側にいたくなっていたのだ。

☆

僕の使用期限はとっくに過ぎている。それは判っていたけれど、実際に、僕はまだ、一回も使われていない。なら、実際使ってみたら、僕って実は有能かも知れないじゃないか？

天才消火器、いや、器物の法則を超えた〝愛の消火器〟、そういう奇蹟《きせき》が発動しないって、世の中の誰が言い切れる。実際の処は判らないよ、けど、僕の十和子ちゃんへの愛情からして……僕は、絶対に、十和子ちゃん家《ち》の火を、消すっ！　消せる筈《はず》っ！　これを消さずにおくものかっ！

……気持ちは、これが、百パーセント。でも……一回も使われていない消火器なんだ、気持ちは、どんどん、揺らぐ。

万が一、僕が、生まれつき欠陥品の消火器だったらどうしよう。いや、すでに使用期限をどえらく過ぎているのだ、今、僕から泡がでなくっても、それは、僕が生まれつき欠陥品だったのか、使用期限があまりにも過ぎてしまったせいなのか、すでに判らない。

……僕が引退するちょっと前。僕が十和子ちゃんの処に来てから、二十二年たった頃。その頃、僕は、ちょっと頭がおかしくなってきていた。僕は、ここにいちゃいけない。理性では、それが判っている。この家には（この頃、お嬢さんに恵まれたこの夫婦は、一戸建ての家に越してきていて、すでにお嬢さんは小学生になり……とても幸せな生活を営んでいたのだ）、新しい消火器が必要だ。でも、僕は引退したくない。けど、さすがに二十年を越した消火器は、まず役にたたないって断言できそう。この状況でこの家で火事が起こって、それで万一のことがあったら……。

小学校にある消火器に、嫉妬《しっと》したことなんかもあった。

あいつらはなー、防火訓練の度に、使われるんだよ。実際に、消防士のひとや、訓練を受ける先生なんかに使ってもらって、火を消して、そして、一生を終える。うん、実際に火を消して一生を終えるんなら、そりゃ、消火器本望だろうがよっ。

それに対して。家庭の消火器は……消防訓練なんてある訳がなく、気がつくと、使用期限を越えただなんてものじゃなくなっていて……まして。この頃判ったんだけれど、十和子ちゃんが僕を捨てなかったのって、勿論《もちろん》、僕に対する愛着もあるだろう、あると思いたい、あると信じたい、でも、それ以上に……「消火器の捨て方が判らなかった」って側面も、あるんじゃないのかな？

いや、消火器は、燃えるゴミじゃ、ないでしょう。(消火器が燃えてしまったら、それはまずいぞ。)

けど、リサイクルの資源ゴミでも、ない。(リサイクルマーク、ついていない。)燃えないゴミって言えばそうなんだろうけれど、普通に燃えないゴミにだしていいのかどうかが判らない。(というか、多分、いけない。)

ああ、いっそ。いっそ、ぼやでも起こってくれ! したら、自分が本当に活躍できるのかどうかが判る。

ちょっと頭がおかしくなった僕は、時々、そんなことを思っちゃったりもした。そしてその度、「消火器がそんなことを思うだなんて、消火器の風上にもおけねーぞ自分」って、反省と後悔に塗《まみ》れ、真っ暗になってしまったりもした。

そして、そんな時だったのだ。

☆

ある日。

気がついてみたら、家の中には、十和子ちゃんのお嬢さんがひとりって時が、あった。しかも、家の玄関の鍵《かぎ》、閉まっていない。うん、十和子ちゃん、お料理している時、バターが切れていたので、近所のコンビニまでバター買いに行っちゃったんだよね。その時、小学生のお嬢さんに、「ちゃんと鍵を内側から閉めてね」って言った筈なんだけれど、お嬢さん、それを忘れてしまった。

そんで。その隙に乗じて。玄関から、のっそりはいってきた影があった。ちょっと前から、この近辺では、なんか〝変な男〟が、小学生の女の子に声をかけるっていう事件が多発しており、だから、十和子ちゃん、お嬢さんに「鍵をかけるようにね」って言ったんだけれど……どうやらその男は、十和子ちゃんのお嬢さんを狙っていたみたいだったのだ。十和子ちゃんが出かけて、家に鍵がかかっていないって判った瞬間、男、侵入。

十和子ちゃんの家は、玄関はいると、廊下があって、左にトイレと洗面所とお風呂《ふろ》、その先がキッチン、右に子供部屋、正面がリビング……っていう感じの造りになっていて、消火器である僕は、キッチンとリビングの両方からほど近い位置の廊下に鎮座していた。そして、この男は、侵入すると廊下を進み、キッチン、リビング、子供部屋のどれにでも侵入できるような位置で佇《たたず》んでいて……つまりは、僕の、ほぼま横で佇んでいて……。

男の荒い息遣いが聞こえる。リビングで絵本を読んでいる、十和子ちゃんのお嬢さんに発情しているのだ。そして、隙を窺《うかが》っているんだ。これは……これは、無茶苦茶やばいと思った。だが……これ、消火器が、どうこうできる事態ではない。

はあ、はあ、はあ、はあ、男の息がどんどん荒くなって、今にも男、リビングのドアを開けて、部屋の中に押し入りそうになり……次の瞬間。玄関が、開いた。

「鍵、かけとけって言ったでしょう？　何だって鍵をかけていないのあんたは」

って、今、この家に、はいってきたのは、十和子ちゃんだ！

その瞬間。も、僕は、全身全霊で十和子ちゃんとコンタクトしようとした。

僕は、玄関からはいってすぐの廊下、そのちょっと奥の方、キッチン寄りの処にいる。十和子ちゃんは、玄関から入ってきたんだ、その廊下にいる。男も、その廊下にいる。

この状況下で！　僕は、とにかく、十和子ちゃんを守りたいっ！　いや、守るしかないっ！　で、渾身《こんしん》の力を込めての、アイコンタクト。（って、消火器に目はないんだが。）

「僕を使えっ！」

僕を使ってくれっ！　今まで、この家には火事が起こらなかった、だから、今こそ、僕を使えっ！　たとえ消火能力が不十分でも、とにかく泡を浴びせかければ、侵入してきた男、絶対にひるむ筈。頼む、十和子ちゃん、君を守る為に僕はいるんだ、だから、今こそ、僕を使えっ！

そして。

アイコンタクトは、多分成就したのだ。次の瞬間、十和子ちゃんは、僕に手を伸ばして、僕を抱え、そして不審な男に対して……。

☆

「先輩っ！　凄《すご》いっす！」

……あー、只今《ただいま》、僕には、〝後輩〟がいる。十和子ちゃん家で、僕に対して、〝後輩〟になった消火器が。

「漢《おとこ》ですよね」

……違う。その評価は、絶対に違うんだが……。

「かっけー。ほんっと、かっけーですっ。あんな凄いアイコンタクト、普通の消火器にはできません」

いや、僕だってそうしようと思ってやった訳ではないんだが。

……確かに、アイコンタクトは成立した。僕を見た瞬間、十和子ちゃんは僕を手にとり……なのに、消火器の僕を、消火器としては使ってくれなかったのだ。いや、一応僕、消火器なんだもの、泡が吹けるし、他人に泡を吹きつけることができるし、これで随分武器になるつもりでいたんだが。

「あんた、うちの娘に何するつもりなのっ！」

この台詞《せりふ》と同時に、僕を振りかぶった十和子ちゃん、不審者の頭の上に、迷わず、僕を振り下ろしたのだ。

確かに。消火器である、僕は、重い。サイズからすると、意外な程に、重い。確かに、このサイズで、これ程重量があるものは、家庭内にはなかなか他にないだろう。消火器である、僕は、硬い。本気でひとを殴った場合、簡単に相手の骨くらい粉砕する硬さがある。

で、僕を振りかぶって、僕を不審者の頭の上に振り下ろしたんだ、十和子ちゃん。不審者は、そのまま、気絶。十和子ちゃん慌てて110番。変な風に不審者の頭に激突した僕は、一部が変形して、最早、消火器としては使えないものに成り果ててしまった。

「いやあ、奥さん、凄いわ」

これ、現場検証に来た、とあるおまわりさんの台詞。

「侵入者が男で、女性が子供さんを守ろうとした場合、確かに、消火器っていうのは、武器として、ありかも知れません。防犯の為に、ゴルフクラブなんて置いている家庭もあるんですけれどね、あれは軽いし、きっちりヒットしないとなかなか相手にダメージがいかない。その上結構簡単に折れますしね。その点消火器は。重量あるし、折れようがないし、いやあ、これ、防犯グッズとしては、なかなかでしょうな。……けど、これね、下手すると相手が死んじゃう可能性がありますんで……ま、ほどほどに、ね」

……いや、僕は、防犯グッズになりたかった訳ではまったくないのであって……。

そもそも、僕は、防火グッズなんだってば。

ま、でも。

僕は、十和子ちゃんを、守れたのだ。

それに。一部、へこんでしまった僕を、十和子ちゃんは捨てなかったのだ。

「これがあったおかげで、千鶴《ちづる》（十和子ちゃんのお嬢さんの名前だ）も私も助かったんだもの……。この消火器、いつまでも、うちに置いておきたい……」

てんで、今、僕は前と同じ廊下にいる。後輩の、今度こそちゃんと使用期限の範囲内にいる、若手の消火器と並んで。

まあ。

今後、火事が起こった場合。その時は、後輩の消火器の出番だ。

こいつは、僕のことを妙に尊敬している、それがうざったいと言えばうざったいんだが、それはまあ、いなし続けるとして。

ところで。

十和子ちゃんって、こんなに〝能動的〟な子だったっけ、か？

僕が知っている十和子ちゃんは、おどおどしている、ひとの台詞に右往左往する、そういうひとだったんだけど……今の十和子ちゃんは、違うよね。

問答無用で、何のためらいもなく、重くて硬い僕を、ひとの頭の上に振り下ろしちゃうような、そんな、〝ひと〟だ。ま、絶対に守らなきゃいけない、〝子供〟がいたせいもあるんだろうけれど。

十和子ちゃん、大人になったんだなあ。

なんか、この表現は、微妙に違うような気もするんだが……。

僕は、十和子ちゃんを守ることができたんだ。

ただ……今の十和子ちゃんだと……何か、表現、逆のような気も、しないでもない。僕が十和子ちゃんを守るんじゃない、十和子ちゃんがこの家すべてを守っている、そんな気がする。だって、僕が変形するって……十和子ちゃん、どんだけの強さで、僕を……。


いや、気を取り直して。

僕は、十和子ちゃんを守ることができた。

それを、誇りたいと思う。

ひゃっほうっ！


ああ、帰ってきた、家についた……って、俺が気を抜いた瞬間だった。

いつものように、道路の上で一旦《いったん》停止、切り返して、それからバックで家の駐車場に入ろうとして……で……ええっ、おい、相棒！　もう三十年、俺と一緒にいる相棒、あんた、どうした、それは、その操作は、違うっ！　そんな運転をされてしまえば、俺はとんでもない動きをしてしまうっ！

んで……ぐわっしっ！

相棒と組んで三十年、俺が最初に起こしてしまった事故が、これだった。

☆

ここから先は、もう、よく判らないことの連続。

まず。俺の運転席の中で、相棒が唸《うな》っていた。まあ、一旦は停止したんだ、スピードなんて、まったく出てはいなかったんだけれど……俺が、つまりは乗っている車が、お向かいの家の門とそこに立っていた電柱に激突しちまえば、そりゃ、俺の運転席に乗っていた相棒、ただじゃすまないよな。

がくんって、もの凄い衝撃が、相棒を襲って……相棒、若きゃよかったんだけれどなー、二十代かそこらなら、「あ痛てー」で済んだかも知れない衝撃なんだけれど、でも、あいつが四十歳から組んで三十年だろ、もうあいつ、七十なんだよ。ただの衝撃で、それだけで、も、腰が。俺には〝腰〟ってもんがないからよく判らないんだが……人間の場合、ある程度年とった奴が、腰に衝撃を受けると、なんかろくなことがないらしい。実際、相棒は、ろくなことがない事態に陥ってしまったみたいだ。

やがて、どっかからサイレンの音が聞こえてきて、相棒は、救急車ってものに乗せられて、どこかへ連れ去られてしまった。

また……俺の方だって、無傷だなんて、お世辞にも、言えない。

思いっきり、お向かいの家の門と電柱に突っ込んでるからなあ、車体の前半分、かなりひしゃげてしまった自覚がある。

こ……こ……これは、廃車、か？

俺の脳裏を、そんな単語がよぎる。

いや、ちょっと前から、こんな単語は、常に俺の前にあったんだよな。特に、〝車検〟とかいう試験を受ける度に。

そんな時。相棒は、俺のことをいつも庇《かば》ってくれていた、でも、相棒の家族がみんなして。

「おじいちゃん、この車、さすがにどうなの？」

「お父さん、これ、もう、廃車にしましょうよ」

その度に、俺を庇ってくれたのは、相棒なんだ。だが、その相棒が、救急車でどっかに連れ去られてしまったとなると……。

だが。

不思議なことに、俺が連れられていったのは、ちゃんとした修理工場であり、そこで俺は、できる限りの修理を施され、ま、さすがに、「新車同様になりました！」なんて恥ずかしくて言えないが、それでも綺麗《きれい》に洗車され、ガソリンも満タンにしてもらって……そして、家に、帰ってきたのだ。

☆

俺が家に帰ってきてから……ひと月、くらい、たった頃かな。

いきなり、相棒が、バケツを持って、俺の前に現れたのだ。

いや、それまで、俺、どんなに気を揉《も》んでいたことか。

だって、家に帰ったあと、誰も俺の処に来なかったんだぜ？　なんか、家族のひとの話を漏れ聞くに、俺の相棒は、かなり重度の〝ぎっくり腰〟ってものになってしまったらしくって、相棒が、無事なのかどうか、俺は本当に心配で……。

で、そんな相棒が、いきなりバケツ持って、俺の前に来てくれた。

俺、それが嬉《うれ》しくて、そのバケツはなんだよ？なんて疑問、まったく起きずに……でも。

バケツの中には、タワシが入っていた。そして、そのタワシでもって、相棒、俺のことを洗ってくれて……。

「この三十年。おまえはほんとによく働いてくれたよなあ」

こんなこと言いながら、俺のことを洗ってくれる相棒。そんなことされると……なんか……なんか、とても哀しくなる俺。

「相棒」

相棒が、俺のことをこんなふうに呼んでくれるのは、これが初めてだった。

「とっても哀しいんだけどな、わびしいんだけどな、俺は、免許を、返納することにしたんだよ」

って……え？

「さすがに、自分家《ち》に駐車しようとして、間違ってお向かいの家に突っ込んじまったらなあ……もう、俺、おまえを運転しちゃいけないと思うんだよ」

いや、だって。相棒が運転してくれなかったら、一体誰が俺を運転してくれるんだ。この三十年、俺を運転してくれていたのは、相棒、あんただろ？

「いや、今、思い返しても、怖気《おぞけ》が走る。お向かいの家には、小学生が二人いるんだよ。俺が事故を起こした、あの時こそ、その場にいなかったけれど、万一、あの時、お向かいの家の子供達があの辺にいたら、自分家の前で遊んでいたら、どうなったと思う？　俺、いたいけな子供を、二人、殺しちまった可能性があったんだよ。……そんなことは……そんなことだけは……耐えられない」

洗車済で、もうぴかぴかの俺の体を、それでもタワシでもって、わしわしって全部洗ってくれたあと、相棒は、一回、ため息をついて、そして言う。

「だから、相棒。これが、最後だ。……今まで、どうも、ありがとう」

いや。

いや、ありがとう、だなんて、言うなっ！　いや、そもそもその前に、そんなこと、言うなっ！

でも。

こう言うと、俺の相棒は、ゆっくりバケツを持って、家の中に入ってしまって……。

☆

相棒が。

俺の目の前から消えてしまった瞬間、俺は、思い出していた。

いろいろなことを。

例えば、俺が、最初に相棒に逢《あ》った時のこと。

新車納入ってことで、キャリアカーに載せられて、一般道を走っていた俺、本当に、わくわく、どきどき、していたんだ。

走る、走る、走る。流れる両サイドの風景。

ああ、俺は、この時、どんなにわくわくどきどきしていたことだろう。この時の気持ちを思い出すと、俺、なんか涙がでてきそう。

いや、だって。

キャリアカー降りて、自分の所有者である相棒に逢ったら、その後は、こんな道を、俺は自分で走ることができるんだぜっ。

車だったら当たり前だって言われそうな気もするんだが、俺は、本当に、走るのが大好き。

走る為に生まれてきた、そう思っていたあの時の自分を、昨日のことのように思い返せる。

そして。

相棒に納車されてからは、相棒と二人で、ずっとずっと走ってきた。

俺達の家があるこの辺には、鉄道ってものがあんまりないらしい。だから、相棒がどこかに出かける時には、その足は、いつも、俺。それに、相棒にとって、俺って、自分のお金で買った初めての車らしくて（その前は、相棒の父ちゃんが買った自家用車をずっと使っていたらしい）、いつだって、相棒は、俺のことをとても大切に扱ってきてくれた。


俺と相棒は、山の中の道を、それはそれは何度も何度も走っていた。

くねくね曲がる道、ああいう処を、絶妙のブレーキングポイントでブレーキかけ、山の空気、森の空気を感じながら走ってゆくのは、とても楽しかった。

時々はね、狸だの鹿だの、交通規則ってものを知らない奴らが、俺達の前にいきなり出てきちまうこともあった。でも、相棒は、そういう奴らへの対応も、万全だったのだ。相棒の、〝いきなり飛び出してきちまう小動物への対処〟は、ほんっと、神業に近かったよな。勿論《もちろん》、いつ、小動物が飛び出してくるか、俺にも相棒にも判る訳はないんだが、不思議な程見事に、相棒はそれを避けていた。相棒に言わせると、なんか、動物が飛び出してくるの、空気で判るんだそうだ。

稀《まれ》に、都会へ出ることもあって、高速道路なんて処を走る時、相棒はいつだってちょっと怖じ気づいていた。（いや、実は、俺も、あれはちょっと嫌だ。だって、八十キロだの百十キロだの、とんでもないスピードで、あたりの車が走っているんだぜ。俺は、安全運転を志している車だから、そんなスピード、出したくはないわな。）でも、まあ、走っているうちに、俺はなんだか楽しくなって……生涯に一回だけだったんだが、自分が百二十キロを出した時には、自分でも驚いたし、なんか、快感、あったかも知れない。百二十キロー！　何なんだそれー。車が出していい速度じゃねーぞー。でも、あ、なんか、ちょっと……カ、イ、カ、ン。エンジンが、なんだかちりちりするような感じ。

そんなことを、ずっと、ずっと、思い出していた。

☆

相棒が。バケツを持って俺の前から去って……さて、はあ、どのくらい時間がたったんだか。

もう……何ヵ月も、相棒はおろか、その家族のひとも、俺の前には現れていない。

このあたりで。

俺、思ったのだ。

勿論、違うのかも知れない。いや、違うだろう。けど、ひょっとしてひょっとしたら、これは、相棒が、俺に対して示してくれた、最後の意思表示かな？って。


俺の車体の整備は、完全にできている。

ガソリンも、満タンだ。

ここで、こんな状態で、ずっと俺は放っておかれて……今だって、俺に対する監視は、ないに等しい。

ならば。それならば。

☆

ゆっくりと。

俺は、自分の家の車庫から、一般道へと進んでみる。

こんな俺を止めるひとはいない。

それが判ったので、俺はそのまま、道をつき進んで、どんどん走っていって、走っていって……ひゃっほうっ！

☆

俺は、野良車《のら》になることに決めた。

今日からの俺は、相棒のパートナーである、所有者があるまっとうな普通の車ではない、野良車だっ！

自分の意志で、自分の意志だけで走っている、野良車だっ！


山道を走るぞっ。大好きだった山道を、も、縦横無尽に。

坂道やコーナーだって、自分の思いのままに攻めてやる。

勿論、狸や鹿なんていう、先住者のみなさまの生存を脅かしたりはしない。

そういうもの達が出てきそうな処では、相棒と同じで、スピードに制限をかける。

これだけで、確かに、結構、この手の事故は回避できそうなのだ。

どんなに〝際どい〟道だって、走ってやる。

道端に立って、下を見下ろすと、背筋が寒くなるような道、そんな処だって、どんどんゆくぞ。

だって、俺には、〝見下ろすと背筋が寒くなる〟、そんな人間の同乗者がいないんだから。

だから、どんどん、ずんずん、ゆくぞ。

相棒はね。この手の道が、苦手だったんだ。

いや、言葉にしてそう言ったことはないんだけれど、んなもん、見てれば判る。あいつ、実は、高所恐怖症の気があったんじゃねえの？

相棒の走り方を思い返すにつけ、俺は、そんな気がする。

でも、俺にはそんなもん、ない訳だから。

だから、どんどんゆくぞ。

うわあっはあっ、ひゃっほうっ！

☆

でも。

判っていたんだ、楽しいことには、必ず、終わりがある。

俺の野良車生にも、必ず、終わりは、くる。

だって。俺、ガソリンスタンドには入れねーもん。

ひとがいない処で、ひとが見ていない処で、勝手に走り回ることはできても、勝手にガソリンスタンドに入ることはできない。(いや、勝手に走り回っているんだ、勝手にガソリンスタンドに入る処まではできるよな、けど、給油をするには、これはもう絶対に人間の手が必要な訳で、野良車の俺に、給油をしてくれるひとがいる訳がない。)

それが判っていたので。

そろそろ、ガソリンの残量が危ないなって頃、俺は、進路を山の奥にとった。

相棒の――ということは、俺の――家がある、そんな処を見下ろすことができる、そんな位置関係の、山奥に。

この辺は、すでに林道だって途切れている、こんな処に来る奴はまず滅多にいないだろう、そんな処で、俺、なんとかかんとか、方向転換。

ま。

ここに廃車が一台止まっていたって、その先に進む道がそもそもないんだもんなあ、他人様《ひとさま》の迷惑には、そんなに、ならないよな? (相棒が、他人様の迷惑になるのをひたすら避けていたから、俺だって、できるだけそうしたいと思っていた。)

ここで。こんなふうに方向転換をすれば……地図上の位置関係からいって、俺、相棒の家を――ということは、俺ん家《ち》を――見下ろすことが、できる筈《はず》なんだ。

いや、今は、まだ、秋の初めだから。繁っている葉が邪魔して、うちのあたりはまったく見えない。

でも、冬になったなら。この葉が、全部落ちてしまったら。

そうしたら、あの家が……俺ん家が……俺の駐車場が、うまくいけば、ここから、見える、かな？　いや、やっぱ、地理状況からいって、無理だろうか。

でも、いい。

でも、いいんだ。

うまくいけば、俺ん家が見下ろせる山の上で、俺ん家の方を向いて。

プーッ、プープープー。

俺、最後の咆哮《ほうこう》。

クラクションを思いっきり鳴らして。

相棒。

楽しかったよな。

そして、俺は、ゆっくり、ヘッドライトを消した。

あとがき

あとがきであります。

これは、2017年から2018年まで、キノブックスのウェブマガジン「キノノキ」で連載させていただいたショートショートを纏《まと》めたものです。

☆

この連載を始めるに際して。編集部側からいくつかテーマをいただきまして、その中に、『偏愛』っていうのがありました。うーん、『偏愛』。偏った愛、かあ。ちょっと面白そうだったので、これでいってみようかなーって思いました。

ただ。「次男だけが可愛くて長男を無視する母親の話（普通の〝偏愛〟って、こーゆーもんだ）」みたいなお話は、なんか辛《つら》くなりそうで嫌。「もうとにかく猫が好きで、猫が好きで、猫が好きでたまらない女の子の話」は、ありがちだから嫌。

で、ひねってみようと思いました。

最初に考えたのは、「とにかく温泉が好きな男の子の話」。でも、これだとひねりがまったくないので、それに加えて、「で、その男の子には彼女がいるんだけれど、彼女は何故か温泉に長時間はいれない」というのを加えてみました。

これが連載一回目の、『ゆっくり十まで』です。……ただ……ひねりすぎて、誰が何をどう偏愛しているんだか、よく判らなくなっちゃったのが問題だ……。

この後も、「寂しい気持ちが大好きで、寂しいひとがいると必ず寄り添ってしまうんだけど、そいつが寄り添ってしまったせいで、寂しいひとをより寂しくしてしまう魔物の話」とか、うーん、私、ひねるのやめろよ。ひねりすぎたせいで、誰が何を〝偏愛〟しているんだか、読者に判らなくなってるぞ？

うん。書いているうちに。

肝心の、〝偏愛〟というテーマは、どこか遠くへと旅だってしまいましたが。

とにかく、誰かが何かを好き、という感じで、統一されたショートショート集になったと思います。

ただ、まあ。

〝好き〟という視点で言えば、〝ボーイ・ミーツ・ガール〟が、あんまりないんだけれどね。〝誰か〟が〝何か〟を〝好き〟っていうショートショート集で、消火器だの猫だの熱帯魚だのが視点人物になってるって……。（あと。途中から、変にひねるのやめて、「走るのが大好きな車の話」とか「魚が好きで、水槽見て癒《いや》される男の話」とか、ストレート路線もやってみたんですが……みんな、ちょっと、変。うん。〝偏愛〟じゃなくて、〝変愛〟になっている気もする……。）

けど、書いている私は、とっても楽しかったです。こういうお話、また書きたいです。

☆

あと。話はまったく変わるのですが。

この連載を始めるちょっと前から、私、スポーツクラブに通ってます。高脂血症で、お医者様に運動を勧められたからです。でも……運動……嫌いなもんで。

最初のうちは、非常に苦痛だったスポーツクラブなんですが、考え方を変えたら、一気に大好きになってしまいました。

子供の頃の私は、結構本を読みながら道歩いていまして……これは、最悪。電柱にぶつかるわ、ドブに片足つっこむわ、止まっている車に激突するわ、とんでもないことに必ずなったんですが（だからやらないことにしている）……スポーツクラブのウォーキングマシンなら。本、読みながら、歩いていても、そういう事態に陥る危険性、皆無！

で、本読みながら歩いてみたら。これが、いけるんですねー。その時読んでいる本が面白ければ、二時間くらい、軽く歩ける。

ところで。私、小説の書き方講座みたいな処で、「小説書くのに詰まったらどうするんですか？」って質問に、必ず同じ答をしています。まず、他人の本を読む。その後、ひたすら歩く。それでも駄目なら、髪を洗う。特に、私にとっては、髪を洗うってほぼ万能の解決策で、無心にわしゃわしゃ髪洗っていると、大体の難問は、何とかなります。

でもって！　スポーツクラブ通いって、これを完璧《かんぺき》に満たしているんですよっ！　毎回、人の本読みながら、マシンの上で歩く。一日六キロが只今《ただいま》の私のノルマなんで、こんだけ歩くと汗まみれになる。ということは、絶対に髪を洗う！

うわあ。まったくそんな意図はなかったのに、スポーツクラブに通っている以上、毎回私、「お話書くのに詰まった時」の解決策を、自然に全部やっているんだわ。

確かに、これは、凄《すご》い。

月に一本ショートショート書くって、場合によってはかなりきついスケジュールなんですが、まして、この時の私は、他に月に二本長編の連載があったり、突発的に短編の依頼があったりしていたのですが、スポーツクラブで歩いている限り、ショートショート、書けない訳がない。実際、「……駄目だ……何も思いつけん……」って時でも、本読んで歩いて髪洗うと、何とかなりましたから。

そんでもって。肝心の、高脂血症の方も、お医者様に褒められてます。数値、これ始めてから、結構、いいです。
スポーツクラブって……作家の為にあるような施設だ……。

☆

そんでは。最後に、お礼を書いて、このあとがき、終わりにしたいと思います。
この本を読んでくださった、あなたに。
読んでくださって、どうもありがとうございました。
気にいっていただけると、私としては、本当に本当に嬉《うれ》しいのですが。
そして、もし。もしも気にいっていただけたとして。
もしも御縁がありましたなら、いつの日か、また、お目にかかりましょう。

2018年9月

新井 素子

文庫版あとがき

あとがきであります。２０２1年、まさかこんな年になるだなんて誰も想定していなかったと思うのですが……みなさま、どうか、ご自愛ください。このお話達読んでいただいて、ちょっとでもほっとしていただけたら、私は本当に嬉《うれ》しいです。

で。この作品集の中で、一番書くの大変だったのが、「守護者」でした。いや、この時は、もうこの原稿落ちそう、そんな状況だったのに、何も思いつけなくって。こんな時でしたが、私はスポーツクラブに行きました。単行本のあとがきにも書いたように、「スポーツクラブに行きさえすれば何とかなる」って思い、本を読みながら歩き……けど、駄目でした。最後の手段、髪を洗っても、駄目。

ぐわあああ、これはどうしようもないか。そう思った私なんですが、原稿落とす訳にはいかないし。髪を洗い終えた処で、決心。このあと、シャワールームから出て、そこで最初に目にはいったもの、三つくらいの中から、お話、決めよう。その、誰かの一人称。今日中に原稿ができないとまずいんだ、ここで決めるしかないっ！

そして、シャワールームを出た私の目にはいったのが、体重計、消火器、脚立。

はい、自分で決めたことですからね。今度のお話は、体重計か消火器か脚立の、どれかが主人公だ！（……無茶だ……。）中でも、消火器は、まさかそんなもの主人公にしてお話を作るだなんて、私、一回も思ったことがなくて。（……というか、消火器を主人公にしてお話を作る作家っているんかいっ！）

うちにも、実は消火器があります。マンションに引っ越した時に一緒に買った奴。でも、あの時から十年以上たっているし、今ではそのマンションから更に引っ越しているし……あれ、使用期限、とっくに終っているよなあ。そんなことを思いながら、消火器さんの気持ちになってみたら……なんと、沸き上がってきたのが、小学校や何かに常備されている、他の消火器さんへの嫉妬《しっと》でした。

自分に沸き上がってきてしまった感情とはいえ、家の消火器が他の消火器に嫉妬している感じが、なんか結構面白くって、「何やってんだこいつは」って思ったら……凄《すご》いよな、何とか無事に、このお話、できてしまいました。その日のうちに書き終えて、締め切りにも間に合ったんだよなあ、ふうう。スポーツクラブって、やっぱり、凄いです。（ちなみに、こういう事情があったので、のち、体重計のお話も書きました。あとは、脚立だけだよな。いつか、どこか、脚立のお話を書かせてくれるところがありましたら、これも書きたいと思っています。）

逆に、一番楽だったのは、「ひゃっほうっ！」。まだ締め切りまで余裕がある日、私は、駅へ行く為、大通りの処で信号待ちをしていました。そしたら、その時、目の前を、車を載せた大きな車が走ってゆき、その大通りに、なんかちょっとコブでもあったのか、その大きな車が、私の目の前で、跳ねたんです。

その時のね。車の跳ね方がね、なんか、ほんとに嬉しそうで……。こいつ、車の癖に、走って楽しそうだよな、いや、普通、車は走るの好きか？　そう思った瞬間、ほぼ、このお話できました。まあ、実際のストーリーラインを作るのに駅から電車に乗ってた二十分かかり、書くのには一晩かかったんですが、実の処、制作時間信号待ちの間だけ。……こういうのばっかりだと、私の人生は、本当に楽なんですが。

それでは。このお話達、読んでくださってどうもありがとうございました。気にいっていただけたら、私は本当に嬉しいのですが。

そして、もし。気にいっていただけたとして。

もしもご縁がありましたのなら、いつの日か、また、お目にかかれますよう。

2021年7月

新井素子

本書は、二〇一八年九月にキノブックスより刊行された単行本を加筆修正のうえ、文庫化したものです。

ゆっくり十《とお》まで

新井素子《あらいもとこ》

令和3年 9月25日　初版発行
令和6年 12月10日　再版発行

発行者●山下直久

発行●株式会社KADOKAWA
〒102-8177　東京都千代田区富士見2-13-3
電話　0570-002-301（ナビダイヤル）

角川文庫 22828

印刷所●株式会社KADOKAWA
製本所●株式会社KADOKAWA

表紙画●和田三造

ISBN 978-4-04-111874-0　C0193

JASRAC 出 2106909-402

角川文庫発刊に際して

角川源義

第二次世界大戦の敗北は、軍事力の敗北であった以上に、私たちの若い文化力の敗退であった。私たちの文化が戦争に対して如何に無力であり、単なるあだ花に過ぎなかったかを、私たちは身を以て体験し痛感した。西洋近代文化の摂取にとって、明治以後八十年の歳月は決して短かすぎたとは言えない。にもかかわらず、近代文化の伝統を確立し、自由な批判と柔軟な良識に富む文化層として自らを形成することに私たちは失敗して来た。そしてこれは、各層への文化の普及滲透を任務とする出版人の責任でもあった。

一九四五年以来、私たちは再び振出しに戻り、第一歩から踏み出すことを余儀なくされた。これは大きな不幸ではあるが、反面、これまでの混沌・未熟・歪曲の中にあった我が国の文化に秩序と確たる基礎を齎らすためには絶好の機会でもある。角川書店は、このような祖国の文化的危機にあたり、微力をも顧みず再建の礎石たるべき抱負と決意とをもって出発したが、ここに創立以来の念願を果すべく角川文庫を発刊する。これまで刊行されたあらゆる全集叢書文庫類の長所と短所とを検討し、古今東西の不朽の典籍を、良心的編集のもとに、廉価に、そして書架にふさわしい美本として、多くのひとびとに提供しようとする。しかし私たちは徒らに百科全書的な知識のジレッタントを作ることを目的とせず、あくまで祖国の文化に秩序と再建への道を示し、この文庫を角川書店の栄ある事業として、今後永久に継続発展せしめ、学芸と教養との殿堂として大成せんことを期したい。多くの読書子の愛情ある忠言と支持とによって、この希望と抱負とを完遂せしめられんことを願う。

一九四九年五月三日